慈悲。懂得。遇见。一生。

如果春天去看一个人

雪小禅 著

九州出版社
JIUZHOUPRESS

目录

Contents

第一章 虞琉璃宴

第二章 一场莲花事

第三章 一味缱绻色

第四章 一朵欢喜禅

老树印信

老树印信

第一章 _

一虞琉璃宴

冒险爱上一个人，轻的是如同感冒一场，重的就是一场灾难。只是这一生，不冒险一次，不犯傻一次，一辈子总是不动声色，即使落得寿终正寝、安居乐业，又有什么意思？

情末央

苏菲·玛索一直是我喜欢的女演员。我一直记不住外国女演员的名字，长而且没有什么规律，可我记住了嘉宝和苏菲·玛索，两张绝世倾城的脸。记住嘉宝是因为同性恋，我一直不明白她为什么会是同性恋者，直到看到那个女人给她写的情书，我才终于明白，爱到那个地步是不分男女了。

而苏菲·玛索的眼睛里有一种彻骨的东西，很恍惚却又很蚀骨，不能久看，否则会心痛。在《心火》里，她一直是那样冷静，可又那样艳。那是一个不太讨好的故事，因为太过故事化。因为苏菲·玛索，我觉得那个故事很有趣很动人。一个女人和男人的一夜情，为的是赚五百英镑救自己的父亲，她生下她和他的孩子，延续了他家的后代。六年之后，她不能忘，于是，她当了他家的家庭女教师，爱火重燃。故事太老套，可是苏菲·玛索演绎起来有别样的味道。

在和男人缠绵时，我看到了她的胸，很丰满，很性感，可她的眼睛是凉的。因为要赚到五百英镑，是不得已而为之，再后来，他和她真正相爱了，在拐弯的楼梯口，他们擦肩而过的时候，偷偷握了一下彼此的手。

这个镜头让我耳热心跳。

相比床上戏，我更喜欢这私下的缠绵，因为有了爱情的味道。偷，什么时候都是刺激的，何况，偷的是情。

我一直喜欢十八世纪的英国，有凝重的味道，透不过气来。厚的雾，冷的空气，女人穿着鲸骨的裙子，永远那么蓬蓬着，上身要用紧身衣，显出身材的修长，那个时代的服装，有致命的美感。

马车穿过浓雾和森林时，男人和女人相互凝视，是性感的，也是沉重的。我一直喜欢外国人的眼睛，深深地陷进去，有很深的忧郁，这忧郁又是如此迷人。苏菲·玛索的眼睛让我感觉非常沉醉，我喜欢那种迷离的眼神，冷而清冽，燃起来又是火。

也许所有感情都是这样，有过，就难以忘怀，何况，还是身体的缠绵。情未央的时候，总是有一丝挂念，这丝挂念，有爱情的余温。

这一点点念想，是还记得他的好，梦里是，生活里刹那的片段也是。忽然听到一首旧歌，忽然看到他用过的香水，忽然看到从前的东西上他的指纹，所有前尘往事扑面而来。

可是，死灰复燃不是容易的事情。

更多的时候，爱情更像一辆公共汽车，这一辆赶不上，下一辆上来的人，就再也不同了。而公共汽车是多么容易上又多么容易下的交通工具，不要以为爱情有多么永恒，永恒的只是刹那而已。

所以，看到《心火》死灰复燃的时候，我为他们感到欣慰。爱情功德圆满总是让人喜欢，可是现实中大多时候都是凋零，没有人能和光阴抗衡。情未央的时候，只属于一个人，我们没有苏菲·玛索的美貌，有的只是凡夫俗子一样的人生。大多时候，得学会拒绝，学会妥协，学会和自己过得去，特别是对待爱情这件事情上，不能放任自己。

于是，我们在情未央的时候，也只是一个人怀念而已。

这个怀念，顶多冲动到找到旧人电话，打过去，然后听到他的声音，他一连问是谁是谁。你忽然觉得这件事情也无聊，顶多是件爱情的行为艺术。于是，挂了电话，点了烟，在夜雨的黄昏里，一个人狂走到深夜。

走到深夜。

006

荒凉的天真

人到一定年纪，天真是难的。如果天真不好，就落了个幼稚的名声——

沧桑其实是最容易的，时光可以把任何人磨砺得特别沧桑，一颗心终于变得不再柔软，像风干的老鱼片，又硬，又失去原来的鲜味。在年轻的时候，都抱怨总是长不大，总抱怨时光太慢，但是，还有比时光更快的东西吗？一夜沧桑也是有的，荒凉的天真却是难的。

金庸小说中有周伯通一角，唤“老顽童”。从来疯如少年，说话没边没际。其实是和这个顽固世界的对抗，沈从文老年，也一直貌似孩童。

到中年，想天真是难的，举步维艰地生活着，低头前行，一刻不敢放松，中年人天真，别人会看不起，说你在社会上还没有上路，整个表现是与社会格格不入的。但到老年，闲花看尽，野鹤单鸣，终于不再曲意逢迎了，于是一路天真下去。管他呢，世间有比人情或时间更荒凉的东西吗？已经老了，不讨好任何人了，与时间作对早已经从容不迫。

有一次，我去看一个老人，她给我看她做好的寿衣——一针一线真细致呀，那上面绣了凤凰，丝线明亮，还有自己纳的绣花鞋，她说，不能亏待自己，更让我惊奇的是，她还穿上让我看，哪里不合适，还要动手改之……

我目瞪口呆。

如此视死如归，而且如此隆重地对待死……她说，怕火化时烧得疼，所以，家里早就备好棺材。我去里屋看她的棺材，厚重的木头，还有淡淡的油漆味，每年都要油上一遍。

她笑着，脸上绽放出菊花一样的味道，清苦，带着荒凉的天真。谈死，像谈去串一个门，或看一个久别的人。

这样的天真，真让我倾慕不已。

阿城在《闲话闲说》里提到颓废，说："颓废要有物质文化的底子的，在这底子上再沉溺，养成敏感乃至大废不起，精神到欲语无言，赏心悦目把玩终日却涕泪忽至……"读到这时，我想起荒凉的天真，未必不荒凉，却终于还是天真，已经爱到了尽头，早就过尽千帆，看透爱情不过是一场短暂的烟花，却仍然问了又问：“你到底心里有没有我？爱不爱我？”我当时就在现场，看着他一声声地问自己的女人，我都想哭，他都五十多岁了，还这样声声地问着，仿佛那银声碎语是忧伤的，而这凌晨的问声，让人断肠。

“你独自一人识破了这一切。”这是一个女诗人的诗句，我识破了天真是难的，我涂上了浓墨重彩，在唱着，舞台上真寂寞呀，长袖善舞多么地悲哀——我挥动着那长长的水袖，忽然觉得自己不过是一个平凡的女子，最平凡不过——想守着似水流年过日子，煮一锅青菜汤，不放鸡精或味精，只煮出青菜的味道，这想法多么美妙。

其实我更愿意把自己的人生煮成这样一锅味道鲜美的汤，青翠而干净，到最后，只剩下天真。

只剩下天真呀。

迷恋

迷恋真好。有一种过度的放纵才能叫迷恋。

有一种单纯的沉溺，自己寻不着自己，心里全是这件事或这件东西，兽一样地吞噬。众多的收集者全是因为迷恋，我一朋友收藏青花，谈到“青花”二字，仿佛在谈初恋情人。亦有朋友收藏火花，早年的火柴贴非常可人，现在消失了，但她打开抽屉的刹那，眼神便会迸出异样神采。

迷恋物到底是薄的。我爷爷一生迷恋书法，到房顶上在月光下挥毫泼墨，内心泛滥潮湿，对于书法的迷恋超过对于家庭、亲人或者爱情，达到一种深厚和殷实。

亦有迷恋玉的人。把玩的程度大，似迷恋那带着脂膏芳香的少女。见过一五十岁男子，屋子里珠光碧玉，那玉因为有了沉香，屋子都带着老而弥旧的透明感。那种私密感，在一个透明的扳指玉里，在一个有一点鸡血的玉石里，他的眼神里泛出淡淡潮意，脸上透出清凉，这些玉，是他的妻、他的妾吗？

我迷恋写字。因为过度用眼睛，所以有几个月，眼睛疼到不能睁开，几乎是个废人。去干什么呢？字写不了，书不能看，即使看达利的画册眼睛也要流泪。见到光也不行，到处都是时间似的。这才知道，如果迷恋一件事情中途停止是多么残酷的事情。我给张姐发短信说“时间流得到处都是”。这对于一向刻苦用功的我来说杀伤力十分大。

但再大也不如迷恋一个男人被杀戮杀伤力大。

迷恋爱情可以要人命。爱情真是个妖精，引诱你进了它的迷宫，总也绕不出来，想清楚时，早就浑身伤透，到处是疤痕，到处是不堪的痕迹。

女人总对事物有所迷恋，而迷人比迷东西更诱人。大体说来，一是迷恋衣服，二是迷恋男人。衣服和男人同时到来，则男人第一。

爱情是最不实用的东西，伤筋动骨的，不如迷恋别的东西实惠。迷恋这个东西，带着痴的成分，爱情这个东西，当个点缀时还好，可是，一用力起来就会盛大，又惊心动魄又无聊。

仅为爱情所累所苦的女子或男子，势必单薄。茨维塔耶娃说："爱情是意外的幸福，你再出一步就会忘记这幸福。"我想，爱情是一次事故，它制造出的杀伤力不亚于原子弹。我有个朋友说："爱情就是原子弹。"想想吧，原子弹，二十年阴魂不散，路过它就可以看到心里寸草不生……过度迷恋爱情的结果会遍体鳞伤……她这样迷恋他，他的呼吸，他的声音，他的微笑，唇间的痣，微微的白发，都好。她甚至说，我渴望老，陪着他一起老。她还卑微，总是用自己微薄的薪水开了房等他，不花他一分钱，只是迷恋他身上的味道……飞蛾一样扑向他，迷恋那过度的爱情，"这一次我离开你，是风，是雨，是夜晚，你笑了笑，我摆一摆手，一条寂寞的路便展向两头了。"郑愁予的《赋别》真是惆怅。迷恋他时，仿佛八千吨情感倾倒，他从此成为你的江湖，成为日日夜夜的秘密，成为丰盛的人间盛宴和浓稠的、甜蜜的哀伤。

是馋，还是饿？

其实已经饱了，看见丰美的东西仍然动心不已。过度迷恋，追求极其私人的状态，迷恋是一条蛇，游进时间里，可以吞下很多……因为迷恋，清澈的东西也可吃出浓重和丰腻。你知道丰腻吗？王娇蕊真是丰腻，撒着娇对振保说："我知道你舍不得为我少涂黄油的……"她那时过度地迷恋着这个貌似老实的男子，她的迷恋伸出了尖尖的獠牙，扎疼了他——她居然真的离了婚，于是，他被吓跑了。

迷恋是一种吞噬，包括吞下时间。他说：“我可以迷恋你到死。”会吗？又说，“杜拉斯的情人安德烈·杨其实不够迷恋杜拉斯，如果足够，也应该一起消失。”是吗？如果那样，迷恋真成为一种吞噬了，连命都没有了。

看过一段贾樟柯的文字，他说在山西小城的时候，曾经特别迷恋一双类似匡威的球鞋，一面黑一面红，于是偷了家里二十块钱去了太原，以为可以买到这样的球鞋，为了跳霹雳舞……看到这段时我的心微微地疼，也只有那个年龄，才会有那样狂浪的真实的举动，只为了一双球鞋，十八岁的少年，偷了家里的钱……那是迷恋人生的开始，后来的贾樟柯出落成男妖精，最媚人的地方永远是他的镜头，真实、残酷……人生总得迷恋个什么东西，心才有地方放吧？这样想的时候，就觉得自己空空的，从前总是说，看，《奋斗》里的谁谁长得那叫好看，现在，连这个都觉得寡味了。从前还说，如果毕加索活着……现在呢？我的女友打电话来说爱情这回事，我告诉她说，即使毕加索活着，他是他，我是我。

如果放几年前，我一定铿锵有力地说：“如果毕加索活着，我一定去找他——”我坚持着迷恋一个人的宗旨，但现在我不了。

我知道，我老了。

你我

在798看到一个画廊，就叫“你我”，这样小众到只剩下两个人。

不是吗？爱情或友情，凡涉及灵魂的事情，到最后只落得小私，不是你就是我，纠缠于两个人之间。像尘世的欢愉，一个人总嫌寂寞孤单，当然两个人最好，即使坐在法桐树下发发呆，一人一桌一椅，一清茶一段曲，再加上彼此默契的眼神，其实已经足够好。

阔大纵深的东西总是离着人心远，到最后，大概只剩一个人在心里。就只有一个人，贴心贴肺的，激起对世俗生活的种种热爱，即使一起买菜做饭，亦觉得是在写锦绣文章，你我，其实是小众到不让任何人染指，如果是友情，就是锦上花，如果是爱情，那么，一刻都是千金。

你你你……话到此时，说一个你字就都懂了。最迷恋一个人时，只是这一个人在心里盘旋着，霸占了所有领空，甚至心房里的钥匙全让她拿走了。想念她的味道，是一粒绵软的麦芽糖，盘旋于味蕾之上——好的爱情是一场厚醉，经久不醒，而那个人，是雨天里水上烟翠一样的雾，永远的美。

我我我……也是口吃着无法表达了，白素贞妖都不做了也拼死相爱——纵然被辜负，断桥上泪眼婆娑指着许仙叫冤家。还有七仙女，决绝地唱着："瞧着孤单岁月何时了，今日我定要去人间！"死都不怕了，有时候赴爱就是赴死，性命相见的东西总让人觉得凛凛然。陆小曼也那样飞蛾扑火过，王庚用手枪指着她的太阳穴，她依然坚定地说："我爱志摩。"生死于爱情而言，已经是愉悦。

其实让爱情欺负得没了还手之力。缠绵于你我之间——春晓和彭坦，两个人热恋到黏稠，一起唱《我们的小世界》，为讨她欢心，还真牵了匹白马来，站在她窗下说："嫁给我吧。"我喜欢这样饱满干净的爱情，人心被涤荡得回到年少，说许多糊涂话，干许多发烧的事情。

——为看一眼，跑几十公里也在所不辞，真的只看一眼吗？哪里舍得，一把抱上车，走吧走吧，天涯海角也是她了，喜欢这个人，你中纠我，我中缠你，到处开满海棠花。

知道自己是轻薄了，可是，又觉得还不够——如果爱一个人，不要脸也许是对的，一声声地撒着娇，自己都觉得逼仄生猛，冷汗滴下来。可是，还是觉得是对的——即使这样，仍然觉得怠慢了爱情，这份爱情也许太隆重盛大，卷帙浩繁的事情里，只有它是美丽的穿肠毒，是鸦片香——连想想日后如果真没了这个人，心就空了。活着，再多一秒都是消耗与煎熬，如醉如痴时，其实是想“上邪，我欲与君相知，长命无绝衰”。

是把自己的心托付给了一场隆重—— 他必是值得。卡夫卡说，爱情从来不是找来的，而是掉下来的。又看到798墙上写着：“这命中注定的相遇……相遇有的时候是必然，是期期然的前世之缘。”

人生历练，所有的已经看清，披沙拣金的日子终于到了。终于明白，只要一颗真心，把所有的华丽外衣扒掉，露出最朴素的心，素面相见，扑啦啦地撕开了心，那一日在阵前相见，是雨过桃花吗？惊艳其实也是惊心，伏笔是何时埋下的？爱情从来是四两拨千斤，缠绵于两个人之间，猛然惊醒梦中人：原来你也在这里。从此，人间四月天烧起来，一个你，一个我，只是两个人，俗世人生与锦绣文章是简单的，原来有两颗相爱的心足矣。

当然有纠缠。

一声声地纠缠于爱不爱，眼泪绕到颈子上去，连虚名都怕担待了，总觉得还不够，总觉得才刚刚开始——爱如山倒，去如抽丝，能去吗？仿佛在刀刃上跳一场舞，一边舞，一边疼着。而内心里，早就湿润如雨——好爱情从来是一场及时春雨，总能激起此生未有过的涟漪。

你我，是小私、是独自，只这两个人，再多一个人都是多余的。她不去乱哄哄一群人取悦谁，也要等待他来陪，他是她的，这固执的想法，缘于霸道的爱情，爱情从来自私，友情也自私，只限于你我，多了，就有嫉妒，有不平，有愤愤——最不能分享的是爱情，缠绵于两个人的眼神中间，两个人懂，一眼望穿，秋水绵绵。

你，我，两个人。一句话，一个字，一条短信，一封邮件……每个段落，都有彼此的心思，万千气象，只有两个人体会。最私密的角落，容不得一个客人。

她病了，他便忐忑，暗自担心落泪——恨不得替她病，他醉了，她便担心，恨不得替他醉……

最隐秘的江湖里，云雾雷电，两个人一起担当，这是深一脚浅一脚的爱情，把身子整个沉溺了，其实心也窒息了，可是，仍然嫌腻得不够——山无陵，江水为竭，冬雷阵阵，夏雨雪，天地合，乃敢与君绝。

此时，怎能不珠泪滚滚？

同类

看到刘索拉一本新书，《你活着因为你有同类》。只是因为喜欢这个书名所以从当当网上订了。

一向喜欢刘索拉，文字是她的小刀，一刀刀刻出生活和音乐的样子。也喜欢看她和洪晃谈天说地。两个极度聪明的女子，因为过分聪明，我总疑心她们的爱情只是点缀。活得太任性自由的女子，大抵总会疏离了爱情。

喜欢一个女子，活得浓墨重彩，用加缪的话鼓励自己——尽管世界黑暗，偏要尽情燃烧。“偏要”两个字任性蛮不说理，不怕被辜负的劲。其实受过伤害，但受过伤害就不活了？就做祥林嫂状？其实“偏要”是她自己翻译的。我非常喜欢这样任性的翻译。

一起去新天地买“安瑞井”这个品牌，两个女子认同一个品牌非常难。因为贵而奢侈，又因为张扬到放肆，我对喜欢“安瑞井”

的女子都另眼相看。没有比这个品牌更张扬、更放浪、更不拘一格的了。仿佛李白诗篇，醉了酒，任意涂写，但是极具神韵。品牌也似人，透过“安瑞井”，我看到的是个性凛然的女子，着宽大飘逸动人的白色麻的长衫，行走在夜里，算得锦衣夜行吧？

每每是自己去。

因为一件衣服总有一两千，所以，算得奢侈。而遇到的女子总是极少。喜欢“安瑞井”的女子个子都高，但她不是。

她不高，而且，微胖，但穿上“安瑞井”照样动人。

我们初遇时她穿一件“安瑞井”，红色麻的开衫，袖子飘着，似一只雁在林梢。我惊喜地问：“是不是穿的‘安瑞井’？”

于是烈日炎炎一起打车去买新衣。

我喜欢她穿红，彻底地不顾一切，自恋到极致的张狂。“安瑞井”一点不妥协不认同，要的就是出位出色。她真适合。而我试了一条肥大到近乎口袋的真丝绸裤，白色，走起路来可以装无数春风，两个人喜悦地夸着。我终于知道，同类，看对方什么都会好。

包括我的小说和随笔，置于她案头，她说字字珠玑，又说我冰雪聪明。在短信中，她说十六楼可以看得到燕山。如果是早晨，黎眉如黛，不仅见山，还能听风赏雪看云，还能找到我这样的同类。一起坐沙发上穿着“安瑞井”吃毛豆，那碧青的碗，盛着红瓤黑籽西瓜。我们不说话都美，只因为闻得到知了在外面叫着，有蝉趴到窗上。她说，那是我。

那一定是我。

挑灯来寻另一个人，我知道，她的气息如此与我类似。都说动物之间没有语言，就是靠气息寻找彼此，我们何尝不是？我们寻的找的，大抵是和我们精神上有触通的那个人，不分男女、不分年龄。那只是形式，关键是心。有心，足矣了。

有同类真好。

不会看不上你的任性和放肆，反而觉得那是美。不会觉得你穿衣过分不负责，反而觉得另一种放肆的美。同类可以一起去旅行，在旅途中谈油画、建筑、书法、歌剧，可以一起去看青春版《牡丹亭》，学一段“不到园林怎知春色如许”。同类真是人生中锦上添花的事情。烹茶煮酒，多一个这样的同类，美妙绝伦。

都说素人无情，原本亦是冷淡之人，但这些人如果遇到同类，那才是对酒当歌、鲜衣怒马。我们曾喝过十几瓶子啤酒，倒在沙发上，两条蛇似的唱戏，到天亮。

哪管人生苦短，此时，倒是山长水远。

所以，分外喜欢刘索拉和洪晃这样的知己。大碗喝酒大块吃肉，谈谈美男烟火。这样的同类，早就活明白，与其一个独玩，不如找一个同类，把个性再复制一遍。

爱情的同类更是嫣然美妙。

想想吧，一个眼神都懂得，爱到连骂了粗口都得到赞喝。这样的同类，怎么不让人欣喜？他说：“你老吧，越老我越爱，千万别鲜活得小姑娘似的，我倒怕了。”她说：“我喜欢《霍乱时期的爱情》，因为里面写的老爱情。”一个老男人爱了一个女人一辈子，到最后他们终于相爱了，亲吻时老女人说：“我有老人味了，嘴里味道不干净了。”他说：“我不嫌，我也有了。”

那才是真爱情，到老了，还这样亲这样爱，不嫌彼此有老人味，多美呀。

真是最好的同类。

那些决定爱情的细节

爱情不是轰轰烈烈，不是激情浩荡，不是嘴上涂了蜜，时刻说着我爱你。

爱情一定是那些琐碎而温暖的细节。

他发短信告诉她，屋里干，你一定要多泼水。你眼睛不好，尽量少看电脑，用手写吧，将来，我给你打印出来……他还说，你别整天瞎对付，煮面时放些青菜，营养就有了，多吃胡萝卜，对眼睛好……看到她冬天穿丝袜，立刻吼起来，以后再穿丝袜就别来见我了！冬天穿什么裙子，还要去见谁去！让人心里听起来如火炉在身，暖心暖肺。

看到她文章中写到烤红薯，买了两块烤红薯，问她，猜，是什么？两个人一起吃着，他说，老了，我烤给你吃。

最怕她熬夜不睡觉，逼着她睡觉，而他的手机二十四小时开机，他说，怕你有事找我，这手机为你开着，世界上，只有你找得到我……听得她泪水潸然。

刚开始的时候，总是他无意间就挂了电话，电话这边的她，兀自发着呆，内心失落，刚才还热热的话语，刹那间凉下去，独自承受这片空白。她愿意他先挂电话，这样，她就会自己承受这份孤单，有一次有事，她提前挂了，他说，你挂了电话，我心里那叫个空荡……以后，你先挂吧，我后挂。

不不，她说，你先挂。她不忍心剩下他一个人。

不，你先挂。

你先。

就这样争着，甜蜜地争着——怕那份孤单让对方难过，他出了主意，单双号吧，单号我先挂，双号你先挂。两个人就都笑了，她还是心疼他，单号比双号多一天，总有月份有31号呀——那我们就同时挂！

一起洗澡，他说，以后，你自己别搓后背了，够不着，等着我，我给你搓……一起去旅行，他总是煮咖啡、煮开水，收拾家务，而她倒在沙发上看书，甜蜜地看着他……她总以为爱情是惊天动地，却原来是这似水年华里的如花美眷，她知道他本命年，早早给他买红内裤，把商场里的那个尺码全买光，买断了货……

两个人也吵架，吵了也哭也闹，但吵过之后总是比从前更好，他哄她说，我最怕你不高兴，她也是，他一不高兴，天好像塌了似的……

她去他的城市找他，他说，我给你打个双闪看。

她站在他的楼下，他开了灯，又关了灯，他伸出来，挥舞着白毛巾，那么高的楼，她看到他在挥着白毛巾，和傻子似的，他说，看到了吗？看到了吗？我在这！而她在楼下，泪眼婆娑。

他们也吃醋，也闹。看到他和别的女人在一起，多唱了一段戏，拂袖而去，看到她和别的男人在一起吃饭喝酒，他醋意十足……她说，我甚至嫉妒你的提包、你的领带，把我当成你的领带吧，把我变成小昆虫吧，天天黏着你……还不够黏吗？一天发一百条短信，让他多喝水，他爱闹口腔溃疡，就买了最大最好看的梨给他吃。到外地出差，看到什么都会想到他，把每处风景发给他，好像他能看到一样……

为了多待一会儿，吃饭都嫌浪费时间，于是买了两个煎饼，三九天裹在心窝里奔向他，到了，两个人孩子一样吃着，高兴地说，好吃好吃——不是吗？爱情就是这样，只要相爱，吃糠咽菜都是幸福的，何况，有如此深情的恋人在心里、眼里对视着？

及至回忆，想不起任何惊天动地来，倒是这温暖的细节想起来一个个让人流眼泪。她只觉得这爱情饱满生动，比生生死死更动人——这世上，用得着谁为谁生死呢，疼一个人，才是真爱。他说，我心疼你，你说眼睛疼，我就心疼。她说，我心疼你，看你天天如此忙，嘴干得跟什么似的，就恨不得变成水让你喝了……

这样的爱情，虽然不是轰轰烈烈，却是红尘中最缠绵的流水，足以抵挡时间的腐蚀。那些决定爱情的细节，水滴石穿，把她和他的爱情，演绎成最美的人间佳话。

爱情本是得寸进尺的事情

她喜欢他，暗恋他的样子，这个男子，好似前世见过。

于是她和女友说，我喜欢他，哪怕两三个月看到他一眼就行——她的要求并不高，只要能看得到他，听到他的声音就够了。

为了寻他，她去他单位门口，是刻意路过，不是偶然邂逅。但居然一次也没有遇到，还好，他常常出现在电视上，于是每天守着那个钟点，万千颜色，其实只为伊人，只想看到他，听他的声音，那时她的心思只有一个，见到就好，看到就好。

这才是相思相见知何日？此时此夜难为情。

再后来，偶然的机会，真的见到了，认识了，并且，他也对她有好感，两个人发短信，她欣喜了，小孩子一样，盼望着他的短信，一天两三条，她就抱怨，怎么才这么少的短信？不够，不够，她连续地发，不停地发，为了得到他的人，他的心。

短信太不过瘾，要他的拥抱，他的肩膀足够宽吗？哪怕抱一下，抱一下也是好的呀。一日不见兮，思之如狂，短信哪里够，我要见到人，那个真真切切、实实在在的人儿呀，听他的笑声，闻他的呼吸，感觉他的温暖，最好他坐在对面，抬头是他，低头也是他——他多好看呀，风日洒然，眼睛眯起时，坏坏的笑，真让人迷醉呀，原来爱情是这个样子，相思树底说相思，思郎恨郎郎不知，她只有把所有的思愁抱怨给闺密听，自己有多思他多想他，他却不知。

她和女友说，爱上一个人原来是这样啊，他是搞体育的，她就看中央五台；他是搞音乐的，她就学习五线谱；他喜欢京剧，她就去下载《春闺梦》；他是商人，她就看股票……爱屋及乌呀。

等到他终于知了，还觉得不够，拥抱不够紧，次数不够多，问他爱不爱，总是用极迅速的速度说，爱。

她嫌了，这么快？肯定没用大脑。

下次，他慢些，她又说，肯定是不爱，如果爱，哪会用思考？

有了拥抱，想着他的嘴唇了，如果，如果让他吻会如何？

简直是得寸进尺。就是得寸进尺，从前，看到人家一眼就幸福死，现在，在他怀里还觉得不够——真是不够，爱情是饮鸩止渴的事情，越饮越渴，简直是没有办法了。

没有比向往爱情更贪婪的事情，有了一想二，有了二想三，总嫌不够，已经够饱了，可是还是觉得饿，是饿吗？其实是馋！

一定是馋！

对爱情的贪婪，一遍遍地问，你爱我吗？你爱我吗？她本是有气质、有素质的女子，却也是这样低俗地问。

到后来，她要求更高，他临出门前没有吻她，出门没有给她买纪念品，忘记她的生日了，买的香水牌子不对，开车来接她晚了五分钟……鸡毛蒜皮的小事情让她越来越不淑女，不是一开始死盯着电视的女子了，不是一接他电话就发抖的女子了，不是收到一条短信就手舞足蹈的女子了——都是他宠的。这种事情，女人进一步，男人就退一步，他总以为退一步海阔天空，这句话用在爱情上要多错误有多错误，你再退一千步。她仍然觉得，你还要更往后退，她得了一寸，就要一尺，这一尺刚得，就要一丈——女人是最不禁惯的一种动物。

绝对不想自己暗恋人家时有多委屈，得到了马上就会威风凛凛，好比那锦绣衫上的花，晨起是小小蓓蕾，中午是盛开，到了晚上，已经谢了，过几年再看，老死在衫子上了。爱情可不也是这样，从欣欣向荣到漫不经心，她可以如此迷恋，也可以忽然枯了萎了毁于一旦，爱情呀爱情。

从前是她和朋友委屈地说有多爱他，但是他却不知道；现在，她得意扬扬，伸出纤纤细手，他给我买的钻戒，克拉小点，哼，明年，明年让他买大的。

这样的得意，这样的霸道，好似从前吃青草的人忽然有一日吃到鲍鱼，她还嚷着，这什么味道？！麻烦换一盘来！

人心啊，哪有知足的，在爱情上，女人的贪婪仿佛吸血僵尸，不吸干最后一滴，怎肯罢休？

但也是真爱，没有爱，理你作甚？所以，得寸进尺，那是爱情的表现，如果有女人和你得寸进尺，让她得了吧。

老树印信

030

恨更需要动感情

恨其实也很难。当时爱是真爱，如今恨也是真恨，恨，说明还在爱着，抱怨他的负心与不好，但毕竟还有个主人公，还有个他，如果一切都忘记了，不记得他是谁了，就再也没有恨了。

旧电影中，女主人公被男人骗，咬了银牙：我恨你，一辈子恨你。说是这样说，恨一辈子的人太少，谁抵得住流金岁月？慢慢就消散了，好像台上演出生死恨，但一个半小时后结束了，男女主角相伴着吃夜宵，要最好吃的鱼肠粉，打闹着，完全不是台上的死去活来。

有本小说里说过一句最俗的话，“除了想自己之外，他想她最多了”。想必这就是爱了。最新一期的《读者》有篇文章写男女情事，女人背了老男人和年轻男人私奔，老男人恨她入骨，但每个月，还托人给她捎烟去——知道她爱抽烟，那是六十年代，商品紧缺，她仍然抽他的烟，这个细节让人流泪。后来他临死前，只有一个要求，见她一面，他以为她还是那个扎着红头绳的俏女子，却看到满面风尘的她，旧棉袄，粗布裤，和平常老太太一样，头发后面扎了一个卡子，落魄而难看。他以为的恨，却原来一江春水向东流，他可爱而脆弱的心，自己独自的想念，演变成一种坏习惯而已，他真的恨她吗？真的恨吗？

——其实也不是，只是他忘不掉过去而已。

恨的时候，自己的心都在疼，因为爱过她，所以，更恨她。爱和恨相辅相成，有多爱，就有多恨！电影《蓝》里的朱丽，在得知因车祸死去的丈夫居然瞒着她有外遇时，她一直没有哭，一直很坚定、很凛冽地对待这件事情，甚至看不出她脸上的任何表情。比诺什演得真是好，那种不动声色让人分外崇敬，原来什么都可以是身外之物，甚至恨。

到最后，电影镜头里，是一张她模糊的脸，有夜色，有雨，可能还有眼泪。她说过，什么事最后不过是一件事。她还恨吗？恨得过时间的长度吗？那真是一部好电影。一个最孤单的女人，在丈夫死后才知道一切隐情，她甚至把房子留给了丈夫的情人——只因为她怀了丈夫的孩子。她居然不嫉妒她的情敌，或许也嫉妒过，可是终于放下了，或许是不爱了，因爱才会生妒，恐惧、敏感、多疑，失去自尊，风声鹤唳，草木皆兵，不爱，不会有嫉妒了，亦不会有恨了。

有人写诗，所有的器官都怕悲伤。这些器官里，心最怕，心碎了，刚才是春天，转眼就落叶，一片片凋零，黄色的心，在秋天里悲伤。这是诗人的恨，只写出有时候。然而真的恨是在精神里，在梦里，不经意的，以为忘记了，但忽然梦到，还是在恨，清晨醒来，一片落发，都老了，原来。

胃不好，怕动怒生气，一直疼，亦怕忧郁，所以，不敢恨。

恨什么恨？人生这么短，短得来不及珍惜，刹那间就过去了，才是少年，才觉得青春年少。唰啦一下，已经白了发，还说恨？来不及了，还是好好地生活下去，温暖总比恨好。就像《蓝》里的朱丽，最后终于流了眼泪。我知道，她，重生了。

心头好

最喜欢的当然是张爱玲，她是一块旧丝绸，就那样旧着，迷人着。

虽然快碎掉了，仍旧不失华丽，即使过了这么多年，那上面的凤凰就是她，虽然死在了上面，可是，仍旧是凤凰。

她孤绝的气质注定是倾城的，因为热闹到极致，也就清凉到极致。我最迷恋的是她与胡兰成热恋的时候，把头低到尘埃中去，其实是犯贱，而犯贱，是爱情的最高境界。其次是一个人在美国，不再与任何人往来，自生自灭，但她的苍绿，是那么让人倾心，这无疑是我心里的朱砂，所以，但凡是张爱玲的，便是我的心头好。

陆小曼，风情而婀娜，执着、任性、花痴……她吃大烟，喜欢唱戏，一掷千金，并不贤良，与林徽因怎可相比？可是，我这样喜欢她，因为她的真她的稚，敢爱敢恨，如一朵烟花，刹那绽放，一生寂寞。看诗人志摩写给她的情书，一声声唤她小龙，看她随手一画便是倾国的，便知道，这个女子，亦是心头好。

张火丁，她这样冷艳，天生的程派青衣，生来的薄凉气质让我心仪。每次去长安看戏其实只为近点看到她，我从来觉得追星是件无聊的事情，所以，拉着明星照相是我所不齿的。可是，在这个春天，我在廊坊明珠影剧院后台看到火丁，实在是忍不住了，她穿着一件运动衣，化好了妆，在角落里坐着，整个后台只有三个人，是旁边的一个小侧台，她，我，还有一个人。我与她照了一张相，那天我发着烧，嘴全烂着，照相时我心跳得很快，她安静地看着前方，她一直这样安静，眼神凛冽，我想，这一辈子我大概只会做这么一件事，就是非要和别人照相。以后，再也不会了。

如果春天去看一个人

如果春天去看一个人，我想，我会去看她。

这个念头一直纠缠着我，让我在整个春天里看起来十分惆怅而怀旧。唱程派的那帮老伶人，只有她还活着，快一百岁了，清风秀骨，满头银发，暮色苍茫的老年，坐在一张藤椅上，比她小很多的李世济成了一代大师，旗下无数名伶学生不算，还是全国政协委员，在戏曲界，算是翘楚。

只有她，寂寞地生活在南京，过得很清苦，但我知道，只有她，也只有她，才和大师最相近。

新艳秋，京剧旦角，程派传人，出生于1910年，原名王玉华，九岁便开始以“月明珠”的艺名学习河北梆子，后来迷恋京剧，十一岁拜师钱则诚改学皮黄，十五岁登台以“玉兰芳”的艺名借台演戏，同时拜荣蝶仙为师，也就是这一年，她迷上了程砚秋。

确切点说，是迷上了程砚秋的唱法。

程腔程韵让她倾倒，虽然后来她拜了梅兰芳为师，但仍然这样喜欢程派，想想吧，程派呀——泪自弹，声续断，似杜鹃，啼别院，巴峡哀猿，动人心弦……这段《锁麟囊》中的原版就是程派的写照。迷上程派的人再也不会迷恋上别的派别。程派不仅仅是京剧的一种流派，在很多时候，我认为它是某种物质，暗合了一些伤感的某种特质。

是我喜欢的那种凉。

程派。多好听的名字，幽咽婉转，风情万种，大青衣，切切地唱，丝丝绕绕，我几乎对它一见钟情，而且此后再无新欢。我想，新艳秋当年也是这样迷上了程派吧？

她开始偷戏。

通过女扮男装观看程砚秋的演出来“偷戏”。其痴迷与刻苦，比当年余叔岩、言菊朋学谭鑫培有过之而无不及。她哥哥记曲，她记谱记词，兄妹俩几天就偷一出戏，再过些日子，程砚秋这边唱《青霜剑》《六月雪》《鸳鸯冢》，那边她就能唱《碧玉簪》《红拂传》《朱痕记》《贺后骂殿》。关于偷戏这段经历，她被人误解了一辈子，因为太喜欢，所以，她去偷，可是，别人容不得，特别是在过去是大忌，有抢人饭碗之嫌。更让程砚秋难以容忍的，是她竟克隆他的新编戏。

她一意孤行地喜欢，演着他的戏，唱着他的戏，完全是另一个程砚秋。

新编戏又叫“私房戏”，在那时是“四大名旦”相互竞争的最大法宝。每一出戏从编剧到创腔再到排练，花费心血与金钱无数。名家间都守着不动别人“私房戏”的规矩。但她坏了规矩，为能得到程砚秋的新戏，她甚至把程的琴师拉了过来。

就是这些手段，让她被同行所不齿，但她唱得真是好，她也真是迷恋。程派勾走了她的魂，她天生为程派而生，在所有唱程派的人中，只有她，仿佛天生一个程砚秋。她又生得好，所以，红起来难免。

但她太过张扬，也许因为太过年轻？她不过是十八九岁的女子，在别人怂恿下与他唱对台戏。他自然是生气，从来不把她当同行人看待，未曾说过一言。

后来，她又糊涂到与南京政府高官曾仲鸣交好，从此更误入歧途。

即使后来在章诒和的《伶人往事》中，亦对她有微词，不点名地指正她曾经的瑕疵，我从来不这样看她，她有她的难处，她有她的卑微。

她好像始终站在程派的边缘之外，永远被正宗程派所排挤，即使提到她时，永远加一个括号（非拜师），她没有拜师，她是自学成才，她天性如此之好，没有去拜哪个程派大师为师。

所以，她被排挤。

所有唱程派的人都论资排辈。她不行，她行走在自己的江湖里，只有年龄，只有年龄她活过了他们。程砚秋的大徒弟和二徒弟都去世了，还有很多与她一个时代的伶人早就不在人间了，只有她，还寂寞地活着。

足够寂寞。

无人打扰，现在流行的这些程派演员，谁会去拜访她呢？她没名没势，不会提携新人。可是，我听她过去的老唱段，坐在每天上班的公共汽车上，眼角总会悄悄地湿。她的声音是绿色的，是带着忧郁的绿色，再过多少年，会出来一个这样的绝世之声？

2004年，是程砚秋诞辰100年，戏曲频道铺天盖地的程派，让人几乎眩晕的宣传，老的、小的，子女、孙儿，有名的、无名的，都跑到电视上来，然后，我看到了她。

已经九十四岁的她，瘦削的脸，皱纹，还有颤抖的声音。

她说到他。

声音是颤抖的，带着难以掩饰的激动，她都九十四岁了呀，早就应该麻木，或者做大师级的人物，或者周围很多学程派的人围着，但是，没有。她如此寂寞，当年有多红，现在，就有多寂寞。

她说，他就和我说过一句话，是在新中国成立后的北京，她看到他，怕他，躲着他，但是，他走过来说："艳秋，咱们这种唱法还是挺受欢迎的。"

然后，我看到了她的眼泪。

两行老泪，混浊、固执而倔强地掉下来，我忽然掩面，我忽然感觉到——她喜欢他，是的，喜欢他！一定是的！即使她没有说出来，她喜欢了他至少有七十年，一直追随着他唱，一直！

从那一刻起，我彻底否认了别人对她的所有说法，即使是章诒和，她一定有不了解或者看不到的地方，你看到的、了解的，只是别人的万分之一，也许还并不到。也是从那一刻起，我想去看她。

但我一直没有去，任凭这个孤独寂寞的老人慢慢变老，我甚至打听到了她家的位置，甚至联系了人带我去。

我仍然没有去。

我怕会哽咽难言，怕不知所云，我怕今生看到自己的前世。

新艳秋，你留在我记忆里的声音，是一寸寸的相思，在声声叹息里，在丝丝入扣的浅吟低唱中，游进了我的内心，让我在一片寂寞的春色里，感觉到春天的潮湿与温暖，感觉到了你的今世，我的前生。

爱情是件冒险的事情

麦家曾经说过一句话：读书是件冒险的事情，因为烂书太多。看烂书，像吃了一个坏苹果，吃出一条昆虫或一嘴农药，魂都吓走了，谈何愉快！

爱情何曾不是？

总会爱一个人，总会冒一次险。最初爱的时候，一定没有经验，很茫然地就爱上一个人了，不知道这是在冒险，只觉得蠢蠢欲动，满心全是这人，仿佛这个人是鲜花着锦；最爱时候，赴死都随时准备着——也只有爱着时才会这样。徐悲鸿爱上孙多慈后，给友人写信，浓烈到再也不能释放，于是把心中火热吐露给友人。友人说，该爱就爱吧。后来他果然离开蒋碧薇。虽然没有娶孙多慈，但离开自己的太太，并且在报纸上发表声明脱离关系，孙多慈的爱情力量脱不了干系。况且，他那时正疯狂，逢人就说孙多慈，孙多慈如何有才，孙多慈如何温柔……孙多慈挂在嘴边，成了心中百转柔肠，听得别人都一惊一跳。

后来，1953年徐悲鸿在大陆离世，孙多慈彼时在台湾，为徐悲鸿守丧三年，也算爱过一场。爱情这件事情就是这样，太圆满会觉得没有趣味，比如杨绛与钱锺书，半丝惊魂也没有。可是，太波折又会消损人心，比如徐志摩和徐悲鸿，这两个男人的爱情都太冒险，特别是徐志摩，以致年纪轻轻就丧了命，为后来传奇爱情涂上闪亮一笔。

人的冒险心理在爱情上最为突出。最喜欢的是爱上一个坏人，怀着拯救他的心理——最好他是社会上最不入流的男人，最好他放荡不羁，然后自己开始教化他。男人也一样，喜欢和坏女人打交道，温、良、恭、俭、让的妻一定激不起他的斗志。《红玫瑰与白玫瑰》中，佟振保永远喜欢的是王娇蕊；而对孟烟鹂，永远觉得她是一张白纸，寡淡，无聊。

冒险爱上一个人，轻的是如同感冒一场，重的就是一场灾难。朵拉·玛尔爱上毕加索，从此成为疯子，不但此生废掉，来生怕也难以再爱别人了。

而我们大多数人，冒险爱上一个人，曾经愉悦地出发，想轰轰烈烈留下传奇，最后才发现苟且爱过，也鸡吵鹅斗，也反目为仇，也咬牙切齿，也后悔如此轻率……冒险的事情都是这样——既然冒险，当然有代价。吃上一口苹果，不知道它是坏的，苦了一下口，吐了就行；可是，爱错一个人呢？吐是吐不出来的，只能打碎牙往肚子里咽。和谁去说？《非诚勿扰》中的笑笑说："太委屈了。"这四个字足以说明爱错一个人的代价，只能和陌生男人倾诉，和周围的人说"我当了小三"？既让别人耻笑，还得不到任何安慰。冒险之后，残局必须自己收拾。

那过去的回忆，总是有尸骸，自己不整理、扔掉，没有人会替你收拾旧山河。

就有人说了："那我不去爱了，我嫌麻烦。"

其实更无聊。

这一生，不冒险一次，不犯傻一次，一辈子总是不动声色，即使落得寿终正寝、安居乐业，又有什么意思？

也有人说："下次，我长记性，再也不上坏人的当了。"

爱情来了时，还是不长记性，还是和傻瓜一样前赴后继地去爱，哪怕仍然冒险，仍然上当，仍然心碎。在爱情上，所有人都不会长记性，因为它这么美，这么让人心动，这么让人心碎。凡是能让人心碎的事物，它也一定曾经让人非常心醉。

心甘情愿一次次去冒险，总是说，不会爱上哪种人，不会爱上谁谁。爱情最不怕你嘴硬，当它来了时，是洪水猛兽。我的女友，三番五次说要戒掉爱情，但每次见她，脸上都闪着爱情光芒。她最著名的两句话是，“我又失恋了，我又热恋了”，此起彼伏，没完没了。

所以，她看上去如此波澜起伏而又年轻动人。张爱玲说得多对，保持年轻最好的秘诀是：生活安定，心里不安定。心里有鬼胎的人才会看起来总是闪着灵光，而那鬼胎，就是爱情。

哪怕一次次冒险，哪怕一次次受伤，只要不粉身碎骨，女人，总是愿意拎起自己的武器，杀入爱情这场战争中去，哪怕丢盔卸甲，哪怕一无所获。

冒险，总是诱惑的。

爱，总是好的。

老树
印信

爱似琉璃

每次去北京，一定要去琉璃工坊。那是怎样一个世界呢？那么干净、清澈，近乎透明无尘。一朵莲花绽放，像一场恋爱初遇，一只手托住一个孩子，名叫《大愿》。

喜欢琉璃工坊，其实缘于喜欢她。

她曾是亚太金马奖影后，曾经拍过一百多部片子，在达到人生最高点时，忽然华丽转身，抽身而退，和自己爱的男人隐身江湖。

杨惠珊，一具备了一个女人梦想拥有的美貌，二具有了倾世才华，在得到金马奖影后之后，她的华丽转身让许多人不解。

二十年之后，她成为华人中最出色的艺术家之一，琉璃工坊在世界各地都有专卖店。而我看到她和张毅的一张合影，那么情意，那么风日洒然。

一切缘于她读到了一句话。

很偶然的机会，她读一本经卷时看到了一段话："愿我来世，得菩提时，身如琉璃，内外清澈，净无瑕秽。"那是《药师琉璃光如来本愿功德经》的一句话。她自此沉溺于这个世界，找到自己最终归宿——原来是这样内外清澈。

她抽身而退、干脆息影时，太多人不理解。而她说，人生最欢喜的是和自己喜欢的人在一起，最喜欢的是和最喜欢的人在一起做喜欢的事情。

她最爱的人，是那个才气纵横的导演，拍了《玉卿嫂》《这样过了一生》《我的爱》的张毅。两个人的华丽转身都那么漂亮。二十年后，琉璃工坊成了一个著名的品牌。这二十年，她洗尽铅华，那个当年拥有魔鬼身材、天使面孔的人不见了，剩下的是一个素面朝天的女子，穿着工服，和她的爱人走到琉璃工坊的车间里，制造出一件又一件绝世艺术珍品。

在记者采访他们的时候，我发现了一个细节——他们的手始终交缠在一起。她的手又细又长，上面还有了老年斑。她始终崇拜地看着他，有女孩子的娇羞。而他敦厚地笑着，无限地宠爱着她——我从来没有这样嫉妒过别人，但那一刻，我无限地嫉妒！因为他们是如此绝配，如此有才情又如此相爱，如此契合又如此缠绵动人。

选择你所爱的，爱你所选择的。他坚定地说，他没有说过爱她，觉得肉麻，可是，他知道珍惜。她侧脸看着他，一脸的虔诚："我要和他分分秒秒在一起。有一次他心梗了，我进门就和他笑，出了门就哭。之前我一直嫌他总是乱丢东西，这一刻我忽然想开了—— 有他多好呀，至少可以有个人在这里为你乱丢东西……”说到这里，曾经的金马奖影后杨惠珊已经泪光熠熠。

我终于明白琉璃工坊的东西为什么美到绝世了，因为，她和他，不仅仅是做琉璃，而且是把自己的爱情也修炼成了琉璃。夫妻们过的都是烟火日子，如何修成琉璃实在是两个人的修为。

还记得一对神仙眷侣，都是老师，工资微薄，但每周都牵着手去一个书屋买书。那个书屋老板说，他们是他见过的一对佳偶，总是微笑着各自挑自己的书，然后开始交流，牵着手再离去。书屋老板对我说，别的夫妻总是在这里吵架，女的总是说：“买什么买？回家就给你烧了！”要不男人就说：“瞎看什么书，快回家做饭去。”只有他和她，安静地在这里看书、挑书。穿着简洁的衣服，有着最干净的心，十几年如一日，那样的夫妻，真似琉璃。

最好的爱情一定是这样吧—— 透明，干净，相依相偎，肝胆相照，就像一对天使，一个人只有一只翅膀，只有相互拥抱在一起才能飞翔。杨惠珊和张毅就是这样一对天使，他们飞翔在自己情感的天空和艺术的世界里，双修双飞，直到—— 爱似琉璃。

情色有瘾，爱情有毒

谁敢说自己不情色？情色无罪，那是人之初，是原罪，是无可奈何没有办法的事情。我看《西西里的美丽传说》，十三岁的少年雷纳托看到二十七岁的美丽寡妇玛莲娜走过时，他震撼了，苏醒了。

是他的性意识苏醒了。

他羞耻地看到自己的下体在迅速膨胀，那是十三岁少年情色之路的最初。海边的风，古堡窗户的白纱帘，修长美腿的女拉丁文老师，他的暗恋，在情色里达到了顶点，每天的梦就是玛莲娜。

情色，的确是有瘾的事情。

男女之间，大概先由情色开始。

一见钟情，没有说一见钟爱，爱是稍后的事情。西门庆看到潘金莲，刹那间就动弹不得，《金瓶梅》里，只有他和她是爱情。西门庆和李瓶儿、春梅全有亲情的成分，李瓶儿死了，他抱着她大哭，有夫妻情分。可是，他对潘金莲，是由情色开始，而潘金莲于他，图的只是一个情，一个色，所以，鱼水之欢后，她常常唤他说："我的俏冤家。"这句话，非常情色，亦非常爱情。

瘾这个东西，一旦上了，就难戒。

如鸦片，越是毒，越是想吸；越是想吸，便越是堕落。我记得香港有一部电影叫作《愈堕落愈快乐》，可见，渴望堕落的大有人在，只是不肯说而已。

情色的瘾应该是最难戒，可是，到底是个瘾，如果想戒，还是可以戒的。

爱情便不行，爱情是有毒的。

爱情是穿肠毒，是鹤顶红、孔雀胆，有了爱情的人，哪怕手都没有拉过也敢一起去赴黄泉，这样的例子比比皆是。没有人为情色而自杀，那有低级的嫌疑，可如果为爱而死，就立刻崇高了起来。

情色可以换人。你可以和这个人有情色，也可以和那个人有，当然，锦上添花的是和自己爱的人有。

可爱情不是。

它很唯一，她是你唯一的爱，唯一的春天，唯一深夜里会思念的人，是你一辈子的毒。是你想出家时唯一放不下的那个人，当四面楚歌时，你唯一想起的那个人。

所以，情色不能要人命，可是，爱情是要人命的。

情色是一朵容易枯萎的花，爱情没有了，也能有情色。而且，情色可以泛滥，泛滥到不值钱。

爱情是永恒的溪水，没有枯竭，即使爱过去，仍然在记忆的光阴里闪亮。爱情没有了，情色跟着没有了；情色有，爱情不一定有。

《青木瓜之恋》里，只泛着淡淡的清香，没有情色。可是，你却觉得，爱情四处弥漫，在每片叶子里，在每个黄昏里。爱情如此之美，美的是切开青木瓜的刹那，粒粒籽已经成熟，并且，那金黄透明的籽里，散发出迷人的醇香。

当然，最好的就是情色与爱情兼而有之。

爱上一个人，迷恋上他的坏他的笑，不能自已。他身上的所有，都觉得是性感的——他有些多的体毛，他刚长出的胡须，他有些倾斜的肩，他声音里的断断续续和磁性，他有些潮湿的呼吸……如果喜欢一个人，性感无处不在，即使他离得再远，也能感觉得到。因为，他在你的心里，在你的梦里，在你蠢蠢欲动的情色里。

像沈小红那样爱一个人

《海上花列传》是我一直等待了很多年才看到的电影。也许是等待的时间太长了，当我第一眼看到它时，居然感觉有些许的心酸和无奈。

朱天文的编剧，钟阿城的美术顾问，他们是我很欣赏的两个才子，朱天文师从胡兰成，而钟阿城的文章一直仙风道骨，导演是侯孝贤，他的《悲情城市》无可超越。

演员阵容亦强大到让人侧目：梁朝伟、刘嘉玲、李嘉欣、伊能静……其实我是冲着梁朝伟、刘嘉玲、李嘉欣来看这个片子的。何况，一口苏白的电影，何况，是张爱玲翻译了《海上花列传》——但凡爱玲说好的，我便说好。

这次是真真好到心尖尖上了。

色调就对得要了命。黄黄的调子，永远是那样晕黄的，好像罩着一层纱。清末的暗黄调子，永远是在暗影里，喝花酒，唱小曲，抽鸦片。没有电，灯是那种最老式的煤气灯吧？

人的影子，旧旧的，发着黄。一片风情，处处玄机。

她们的鬓香云影并不妖艳，可是风情难掩。

我发现了沈小红。

我总以为沈小红应该是刘嘉玲或李嘉欣来饰演，我总以为是。

可见我的目光短浅，当我看到李嘉欣饰演的是尚仁里的黄翠凤，一个年轻美貌，处世精明的青楼女子。

侯孝贤后来也说，李嘉欣本人的气质和角色很接近。电影里的她，说着一口沪语，精明世故，一心想着有人替她赎身，最后也得偿所愿。

当看到李嘉欣演的这个角色，我才知道，她是本色出演。

而沈小红，让我心疼。

她这样傻，这样本真，做倌人哪能认真？可是她认了真，较了死理，只接王莲生一个客人。

她和他像恋人一样，闹别扭，使小性，他再去找张惠贞，她便闹，好像真是王莲生什么人。结果王莲生生了气，砸东西，闹，然后再哄，他说，以后，你说怎么样就怎么样。

我喜欢这直率的爱。沈小红是日本演员羽田美智子扮演的，那么妥当，那么确定，让我觉得十分肯定和伤悲。我第一眼看到沈小红时便觉得，这就是沈小红了，不风情，不妩媚，可是很妖气。这妖气，又是冷的，又是让男人难以割舍的。

羽田美智子一次也没有笑过，她脸上总是很忧郁而寡淡的表情。虽然是妓院里的故事，我并没有看到有人调笑调情，甚至没有男女之间的色情。我虽然渴望看到一些亲热镜头，可是，没有。

只有这幽暗的长镜头，没完没了的昏暗，雕花的床，绣着花的床，精致的桌子花瓶，烟枪，女人盘起的头，灯下的桃花脸……这样的怀旧，这样的惆怅，这样的唯美。

王莲生和沈小红不停地生气，然后是哄，安慰，砸东西，演绎着真实的爱情。沈小红不会撒娇，不会哄人，说她姘戏子，她也只是解释，除了身体，我的所有，全是你给的。然后说，那串蓝绿的翡翠项链、那紫色珍珠的衣服……后来，他们到底是分开了。

王莲生有大好前程，去广东当官了，一个人走了，没有带走沈小红。沈小红不精明，荟芳里的沈小红不知计划，只知道任着性子来，把男人丢了，把爱情丢了。她和刘嘉玲演的处世淡然、随遇而安的周双珠又不一样，这样一意孤行地要着，孩子一样地爱着一个人，以为这个男人也会像孩子一样地爱着她。

哪里会呢？

她的爱终究会是一块裂帛，哗啦啦就裂了。电影的最后，王莲生走了，沈小红又接了一个新客人。

昏暗的灯光下，沈小红没有表情，一点点在床上点着烟枪，而那个面目模糊的男子坐在桌子前吃饭。

好像是王莲生在桌子那里吃饭一样。

可是，明明不是王莲生。那是另外的一个男人。

我看着沈小红，她没有任何表情，纵然那个男人来到她身边，她不悲不喜，就那样发着呆。

我的眼泪，就那样狂流了下来。这样固执地爱了一场，可是男人走了，她孩子一样地爱着他，吃着他的醋，邀着他的宠，可是，他走了，不要她了，奔他的远大前程去了！

她没有黄翠凤的精明——又有钱，又为自己赎了身。她也没有周双珠的淡然，她不，她刚烈，她决绝，像孩子一样地固执和任性，她以为她是谁？她不过是个青楼女子，哪里可以要这样芬芳的爱情呢？

电影最后一个镜头就这样惆怅地结束了。我没有看过比《海上花列传》更好的电影结局，是无言，更是难言，就这样寂寞地结束了。不结束还能如何？日子总是要过下去的，难道王莲生走了就不活了吗？爹妈还要吃饭，自己还是要活下去吧？只是王莲生，在升官后的午后，在广东的软榻上，会不会想起这个叫沈小红的女子呢？

我想，他是会的吧。

因为，爱过的人，哪能轻易地就忘记呢？因为，他是真为她哭过、真为她狂过啊。

而这个叫沈小红的女子，从此成为他的刺青了吧？

但愿。

如果有前世，我愿意当沈小红这样的女子，不精明，傻傻地去爱一个人，不计后果，飞蛾扑火，撞了南墙也不回头，一条道走到黑，走到黑，还往更黑里走！只有像沈小红一样，像孩子一样地爱过一个人，才不枉此生啊！

在这个黯然惆怅的午后，我决定写一部小说，而小说中的女子，她一定要叫沈小红。只能叫这个沈小红，因为这个俗得不能再俗的名字，在电影结束的时候，曾经让我泪流满面！

爱情是爱情，生活是生活

我坐在黑暗中，在看一场旧电影，旧到快让人忘记了里面曾经炫目的金童玉女。那是我去一个旧唱片店里淘来的，我一眼就看到了他，他在那张碟的封面上，依然那样地美着，近乎玉貌朱颜。

我近乎疯狂地迷恋过他，如同现在的孩子们迷恋周杰伦。不过，和周比，他的确是倾城的，因为倾城，所以，和他在一起的玉女也有几分黯淡。

——他是三浦友和。

那时我真是小，才十岁吧，可是，就知道了喜欢这样有眉有目的男子，知道买他的“画张”然后偷偷藏起来。我假装也买山口百惠的，假装也买他们的合影，可是，我主要是为了看他。

那几乎是天性，好色的天性。我曾经为此感觉到自己的无聊，到现在我却为此感觉到自己是这样敏感而脆弱。

这张旧碟，是我曾经看过的。

《淤泥中的纯情》，远远不如《绝唱》和《伊豆的舞女》，我却迷恋里面的三浦友和。他足够坏，因为又帅，让女孩子近乎痴迷，难怪外交官的女儿真美会爱上这个叫次郎的坏男人，没有原因，就是无缘无故地爱上。

我喜欢这种爱上。因为有纯粹的盲目性，没有原因的爱，多好啊，就是喜欢，就一见钟情了，就是无缘无故，天生一根筋的女人都会这样，我为什么说出理由来？去他的理由吧，我就是爱你，就是爱！

真美是这样的傻瓜，就一直跟着这个打架斗殴举止粗俗的流氓，三浦友和是第一次出演这样的人物，我看得心酸，因为他长了一张好男人的脸。所以，当他游戏似的抬起真美的脸问：你真爱我？真的想和我结婚啊？真美傻傻地点着头，我的心酸就开始了。

十七岁啊，十七岁时我就这样迷恋过一张脸啊。

我天天跟着他，下了晚自习跟在他的车后面。他有一张太完美的脸，那么像三浦友和。我曾经对自己发誓非他不嫁，甚至在月光下写了一万遍他的名字。他有很俗的名字，全中国有一千万人叫这个名字，可只有他叫是对的，简直正确得体无完肤。

可是，他不知道我的喜欢。我的喜欢，是一条寂寞的青藤，慢慢地在心里爬着。我以为，它会爬上青春的屋顶，所以，我一意孤行地喜欢，不管他喜欢不喜欢，我就是喜欢。这一点，多么像傻傻的真美。

在一个下了晚自习的夜晚，下大雨，他骑得飞快，我飞速地追着，脚下一滑，栽倒了。然后，我感觉眼角疼疼的，我伸手去摸，有黏黏的东西，很腥，是血。

我独自去了医院的急诊室，值班的大夫简单给我缝了四针，然后就走了。我继续行走在风雨中，他或许知道我的跌倒，因为我喊了他的名字。可是，他没有停下来，甚至，没有回一下头。

这让我在以后的岁月中，右眼角总有一个月亮形的小疤痕。

谁也不知道这小疤痕的秘密。

后来，我渐渐失去他的消息。后来，我青春里的东西越来越多，我渐渐知道，你最初喜欢的那个人，只是一个小小的起点，仅此而已。

真美把前途、名声、家庭、地位、金钱全抛弃了，她如一只飞蛾。最后，他和她临终的时候，他看着她，温柔地说：叫你不要跟着我，你看……此时，我的眼泪滚滚而落，只是这轻轻寡淡的一句话，让我在这个冰凉的秋夜里涕泪狂流。他至死也没有说爱她，可是，他的心软了，心疼了，“叫你不要跟着我，你看……”

如果，如果真美如我一样，有了疤痕就回头，她不会这样死掉。不知为什么就为爱死掉了，也许以后还会遇到好多好男人，是的，好多。

也许她会和我一样，一边给自己涂着指甲油，一边想约谁吃饭，然后戴上个眼镜，为自己遮挡一下这淡淡的疤痕。

什么都会过去，包括这要死要活的爱。

包括这个流泪的夜晚，我抚摩着自己的疤痕，这是暗恋带给我的，我不能忘，怎可忘。

还好，我没有一意孤行地爱下去，因为，太盛大的爱、太用力的爱一定是苦的，一定只是自己的。这爱情，未必有男人可以承担得下来。

他能说一句“叫你不要跟着我，你看……”就不错了。

所以，我暗自庆幸那个雨夜，如果不跌倒，我不会知道有多疼。不知道有多疼，我就还会傻下去。

青春里总要傻一次。

后来，我遇到了我青春里的三浦友和。我们在苏宁电器里擦身而过，他沧桑得不像样子，而我提着一把俗绿的芹菜。到这时，我真的笑了，爱情和生活有时真的是两回事。爱情是爱情，生活是生活。爱情和生活相比，小菜一碟。

私人爱情

爱情最私人化，一对一，只可能一段时间爱上一个人。这个人不爱了，才有可能爱上下一个。不可能同时爱上两个人。即使对另一个人也有好感，可只是好感，不可能是心惊肉跳的爱情。爱情最具有唯一性。

那真是一个人的事情。

即使反复地说如何爱、如何爱，但也只是说出了万分之一。真正的爱情隐藏于心，哪里用语言描述得出来?

最私密的感觉只有自己知道——睡梦中，空灵的院子、猫、他，还有那蓝色如钻石的星星……说出的，只是能告人的；大部分，不可告人。爱情是不可告人的东西，是隐秘之花中最怒放的那朵。能正大光明秀出爱情的，一定有许多虚荣的东西在里面；而最真实的爱情，一定踏实、肯定，一定是只有自己和他知道——有多芬芳，就有多隐秘。

其实任何一次恋爱，都是在和自己恋爱。不是吗？你爱上的人，大抵有你欣赏的因素。

——冷静、才情、宽容、丰厚、低温、模糊……这些因素全是你所具备的。你先是爱上自己的爱情，再是爱上这个想象中的人。

其实，每次恋爱的结束，也是自己的一次告别。

爱情是一个事件，或者更多的时候是一次事故。在这个事件中，你以为纠缠的是对方，其实更多的是内心与自己的角逐。有多少个夜晚辗转难眠，个人的战争白热化，但见到他，又把头低到尘埃中去。张爱玲的遗作《小团圆》在台湾出版，里面亦有大段情事描写，又冷又热。张爱玲把男女私情早就看透，那是她自己与自己的纠缠。她在文字上与胡兰成多么契合，彼此的懂得那才是山河浩荡，她哪里顾虑他还是汉奸？私人爱情，到最后爱上的是自己或自己的一部分。

总是在从前跌倒的地方再次跌倒，一次次，重复着上次的悲剧或节目。好在爱情从来不怕重复，虽然仍然是纠缠、哭泣、甜蜜、欢喜，仍然是男欢女爱，仍然是一幕幕旧山河如画卷一般卷土重来。重来也是好的，总比寡淡地过一生好。爱情从来有时效性，一生爱一个人？想想也会厌倦。生命到最后都是一场华美的厌倦，如飞蛾扑火，非要疼痛才会过瘾。

疼痛的东西才能回味绵长。我小时最讨厌吃苦瓜，但长大后却极度迷恋。野生的苦瓜极度地苦，但那苦瓜却刺激着味蕾，有着极端的茫然。加上辣椒炒，又苦又辣，却成为我至今迷恋的一道菜。那糖果，我离它越来越远，远到它是我的陌生客。甜蜜的东西短暂而腻，只有苦，才苦得这样荡气绵绵。我留恋那苦、那辣，久久回味。后来翻看书，发现那苦瓜居然是大大的好；而糖吃多了，一点儿益处没有。

所以，那疼痛的爱情会绵延一生。毕加索的女人，我只记得朵拉·玛尔——她无数次自戕，为的是讨这个男人的慈悲，歇斯底里和神经质都让我心疼。还有罗丹的情人，如此神经质，最后为爱情疯掉，终于崩溃……我想起里尔克的一首诗："它的目光被那走不完的铁栏 / 缠得这一般疲倦……"是的，私人爱情走到终点会倦。私人！多坚硬、多个人的两个字！它多属于爱情！

只有爱情才会有这种动人的凄伤，一生难以忘掉，只有属于自己的那些隐秘的花才会开得茂盛茁壮，只有！

不喜欢看一些名人爱情拍成的电影，比如《弗里达》《梅兰芳》《人间四月天》……被演绎的爱情是薄的、疏离的，是过度被渲染的。真实的爱情非常私人，只有自己知道。被演绎出来的爱有多少真实的成分呢？我坐在电影院里，冷静地看着那些有些惆怅、惨烈的爱情，听到旁边女人的饮泣，我知道，这些东西不是私人爱情，是被公众化的东西，是那么远、那么隔阂的东西。

我宁愿相信他们留下来的那些文字。

有人说，孟小冬三十五岁后的照片再也没有笑过。我去网上查那些照片，果然没笑过。

爱情没有了，笑意也就无存了。

杜月笙、梅兰芳，她究竟爱过谁？爱谁更多一些？那真是她私人的事情。或者她谁也不爱，她只是爱上了爱情这回事；或者为生存，为虚荣，为现实中的种种……

最有可能的是，她爱上的是自己——无论是梅兰芳，还是杜月笙。这样一想，我心里妥帖了很多。最私人的东西，无论它好与坏，都值得人无比地尊重。

喜欢一个人

喜欢一个人，原来就是犯了傻，就是犯了贱。

汤显祖《牡丹亭》中第一句话是：情不知所起，一往而深。怎么就突然喜欢他了呢？原来这世上真有一见钟情——隔着人海茫茫，就突然看到了他。他端然坐在那里，有不动声色的凛凛然。她喜欢的，恰是这份不动声色。

昨夜西风把碧树全凋落，蓦然回首，他在灯火阑珊处——没有早一步，没有晚一步，看到彼此第一眼的同时，仿佛一个是千年前他放生的白狐，而一个，是猛虎下山来嗅这四月怒开的蔷薇。

心跳得紧了，脸羞得红了，说话口吃了……把心中积蓄了多年的情话发给他，把心里火山中埋藏的深情引爆了——人生自是有情痴，此恨哪关风与月！

一个人待着待着就偷偷笑了。旁人问："你笑什么？"忽而又发起了呆。旁人叫你的名字，叫了几声，你说：“啊，在叫我？”对着镜子看自己，一双粉面，飞上了几朵俏红云。眼睛全是桃花，流水荡漾，绿意盈盈……好像从来没有过的好看。才知道，爱情才是最好的化妆品。心里口里念着一个人的名字，不小心念出了声，自己都吓了一跳。但那名字绕在舌上，可真甜蜜，可真缠绕。

梦里也是他。到天黑想他没办法。那民歌如何唱的：白天我想你拿不动针，到夜晚我想你吹不灭灯。看，连拿针的力气都没了呀。

他着藏蓝色衣服，从对面走过来，轻轻地扬起手。是在唤她吗？是在招她吗？他们一同去过的地方，他一个人又去。服务生问，先生，你要喝点什么？他答：我在等一个人。满脑子全是她了。

从前，小说中有一句痴心的话：我满脑子全是她了……居然是真的。满脑子全是这个人。《色·戒》中易先生对王佳芝说：“我只看到秘书的嘴一张一合，根本不知道他说什么，我脑子里全是你……”动了情的男女，总有些时日魂不守舍，不知要说什么，不知要表达什么。想说的一句没说出，不想说的也全忘记了。

把这个人想了千遍万遍，快忘记他的长相了，他突然出现了。两个人小心翼翼地走着走着，有车过来，他一把拉住她。那一把，很是惊心。

坐在他对面，低着头，手里搓着卡布奇诺赠的那包小糖。里面沙沙响着，是她的诡秘心思——人有了秘密，就心怀了鬼胎。密不透风的心里，急于找个人诉说。可是，不能说，不能说。这是两个人的秘密，只有说给他听。他是她的同谋，是当事人，是发了疯的另一个人。

都有些慌张，言不由衷地说了些什么？局面是尴尬的，无助的，僵持中，她伸出去的手忽然被紧紧握住，身体的僵硬更是达到前所未有。他不管了，一把抱起她，这样的霸道与一意孤行——也许所有的坚冰都怕一场春风的吹荡，她瞬间觉得千树万树梨花开。你看你看，这爱情的百转柔肠，也许一个瞬间就从万里冰河到了杏花春雨。

就这样爱着了——分外黏着了。那蝉在七月里疯狂地叫着，尖锐而亮烈。四年的黑暗居然换来这一个夏天的鸣叫。爱情不也是——过尽了千帆，那个应该来的人才终于来了。

小鸽子一样飞向了他。不睡觉，不吃饭……只要见到他，只要听到他的声音，好像世上只有他的声音最好听，好像只有他的眼睛最好看。人说情人眼里出西施，居然也是真的——那一世，我磕长头拥抱尘埃，不为修来世，只为今生能与你相遇……读给他听时，泪水潸然。

好像还不够。

还傻了似的问，你爱我吗？你想我吗？都是傻话，能不爱吗？

能不想吗？可是，偏要他讲出来。一字一句地说给她听，心里才稳妥、才踏实、才肯定，才有脚踏实地的温暖。

还不够。

还要说许多此生没有说过的犯贱的话，还要把头低到尘埃中去，还要去讨他的欢喜，还要洗净铅华只要一颗素白的心对待他……爱情从来要棋逢对手，要傻对傻，真对真，要挑落灯花之后，看到面前的人，恰是寻了千年找了千年的人。要在最不堪的时候想到的是这个人，要有和这个人同生共死的念头……因为没了他，太孤单；没了爱，太寂寞。

就这样卷入了一场山洪一样的爱情里，惆怅着自己的惆怅，欢喜着自己的欢喜。衣带渐宽，人已比黄花瘦。他一个召唤，还是傻傻地奔过去。只为看他一眼，只为在他面前，展颜一笑。

是谁说，爱情就是犯傻，就是犯贱。那么，此生不傻一次贱一次，怎么算活了一次？

喜欢一个人，就恨不得把他分成两个，一个始终黏在自己身边，分秒不离，就恨不得把她吞下去，化为一体，省得朝也思暮也想；喜欢一个人，就想把她带到自己的故乡去，看满院子的柿树和法桐，然后希望和她终老。

河边骨，梦里人，全是他，全是他呀。

那么，让我们紧紧相爱吧

“那么，让我们紧紧相爱吧。”我喜欢这句话中稍微的停顿，把一切的含蓄都在这声“那么”中体现出来了。

真美呀，那么，让我们紧紧相爱吧。

我也喜欢“紧紧”两个字。

紧紧的，把你抱得紧紧的，不留一点空隙——肉体或者灵魂。紧紧的，无论是时间和空间，都要霸占着你的全部。

你不许看别的女人一眼，半眼也不行。你不许和五十岁以下的女人说话，你不许喝很多酒，不许血压高、血糖高，你不许手上裂很多的小纹纹……紧，就是密不透风了，每一分钟都如同棋子一样，布控在你的区域里。紧，就是心尖尖上只剩这一个你了——桃花纷纷地开着，在心里，在眼里，在情人的吸与呼之间，如此浩荡又如此缠绵。

那么。是的。那么。

只能那么了。没有退路了。亲爱的，你的每一寸肌肤上都开满了玫瑰，你的心里种满了漫山遍野的相思树苗，你眼里的火可以把人烧成灰……所有热恋的人都把自己和对方囚了进去。如果加上一个期限，不，不是一万年，而是无期。

这是甜蜜的苦役。

任由它鞭打……没有办法了，没有可以表达的了。一遍遍地重复着我想你、我想你。连自己都觉得没了新意——他却说，重复就是力量。

见着时喜悦，见不到烦恼。

见着时时间是长了翅膀的，飞得如此快。唰唰唰，还觉得刚刚在一起，怎么转眼六七个小时过去了？于是，迁怒于这可恶的时间，为什么走得这样快？贼一样地溜走了？为什么？

见不到时度日如年——原来每一秒都是漫长如牢狱，特别是在等待她的过程中。一秒，两秒，三秒……时间原来可论秒来计算，每一秒又分成了十万份。真慢呀，比蜗牛还要慢。

那么，那么，让我们紧紧相爱吧——还有更好的办法吗？还有可以表达爱情更好的办法吗？除了紧紧相爱？

我喜欢“那么”这个坚定而又温柔的发音。深情而饱满，不，一点也不迟疑——像他捧着她的脸，说她的眉多好看，嘴唇多好看。像她贪恋他睡熟的样子，真像个孩子呀。他喜欢倒在她的腿上睡觉。他说，像躺在母亲的怀里！那时候，风静静地吹来，是春风吗？肯定是！整整几个小时，她就那样贪婪地看着这个熟睡的男子。这才是最美的爱情呀。看着自己最爱的人躺在自己怀里睡着了。他累了，他烦了，他想哭了，都可以抱着她。这是真实的爱情，爱一个人，一定要分担他的疼痛，分享那些寒风中的冷，分享那些不堪的瞬间——只有这样，才爱得更肯定，更缠绵，才可以每天说一大坨又一大坨的甜蜜话，哪怕说的话多么相似！

就像紧紧相爱，有多么重要的原因吗？我喜欢《传奇》歌词里的一句话："只是因为在人群中多看了你一眼。"是的，只是因为多看了你一眼，就这么简单！最真实的、最深刻的爱情往往最简单！就像爱情来临时，他一定充当着许多角色——父亲、丈夫、兄长、爱人、情人、儿子、朋友。如同钱锺书在写给杨绛的情书中说：赠杨季康，你是妻子加情人加朋友……

爱到最后，盘踞太多角色，每时都有换台调频的能力。你让我是朋友，好，我们一起谈诗论风花雪月吧；你让我是情人，我黏在你身上做小女人吧；你让我是妻子，那么，你倒在我的怀里香甜地睡去吧！

那么亲切，又那么陌生，又那么肯定——多好呀，他们紧紧地相爱了，在茫茫人海中找到自己，没有早一步，没有晚一步。早了，一定还青涩，一定还纠缠不清。所有的初恋，都不过是为了以后的爱情演奏了一遍序曲而已。晚了，晚了就来不及——如果爱，一定趁早。

她一次次问他，为什么爱我，为什么？他开始还能列出几条，比如才情，比如相貌，比如气质，比如性格……那是所有恋人曾经说过的。在热恋时，情人眼里俱是西施。到后来，他沉默，再问，只说，不知道。

爱一个人，到最后一定糊涂了，一定说不清了——我爱你什么？我不知道。我爱上的，是一个了解我的，懂我的人，怕我胃疼、眼睛疼的人；我爱上的，是一个心疼我的人，想给我美好未来的人；我爱上的，是一个忠诚而善良的人……爱着的时候，所有的一切都圆润无比，那么，那么，让我们紧紧相爱吧。

紧紧相爱，爱上的不仅仅是彼此，还有爱情这件事情。张中行老先生曾经说，还有比爱情这件事情更美妙的吗？世上，男女之情最有意思。

因为最心动、最纠缠、最战栗、最能生生死死。所以，飞蛾扑火去“那么”一次吧，去紧紧地相爱一次吧——哪怕被辜负。

老树印信

第二章 _

一场莲花事

以为最难忘记的是初恋，其实不是。

因为是第一次心动，其实最难忘记的是自己。

思无邪

忽然看到“思无邪”三个字，无端的好。

特别是一个“邪”字，用俏了。

好比《维摩诘经》，有一次写到天女散花，说不着佛身，不着菩萨身，真是一身风流。看到这里，我不禁想到杨绛和钱锺书。钱锺书真心真意写真情，做人做品做学问，不沾欲念，不染铜臭，最讨厌自己姓钱，绝不把文字变成市侩应酬的酒肉；一支锐笔，一部《围城》，无可超越，仍自笔锋澹澹。

但《围城》并不是他巅峰之作，他的《管锥编》非常亮烈鲜明。在我想象中他是风情才子，但杨绛说他：“身穿青布大褂，脚下毛布底鞋，戴一副老式大眼镜，一点儿也不翩翩。”

她爱他，所以，晚年有记者来访，她开了门，写了纸条过去：他在睡觉。她连最小的声音都怕扰了他。她亦不说多爱。在《我们仨》里，都是琐碎年月的流水，她如何为他理发，如何与他一起看书写字，她翻译《堂吉诃德》，他帮她修改。

这才是一对金童玉女，一直到老，彼此肝胆相照。人生原来是寻常的，死生契阔与思无邪都只在柴米油盐里，哪里用得着我爱你、我爱你，用得着海誓山盟与轰轰烈烈？

弘一法师说人世间最好听的是木鱼声，而我最喜欢暮色里的市井声——如果在夏天，就有一种热闹的凡俗；如果在秋天，就有一种远意。我还喜欢蝉声，在秋后做最后的挣扎，想必也是思无邪。蝉是自己与自己的爱恋，亮烈而浓厚，四年的黑暗，只为这短短一夏。我喜欢蝉，因为活得洒然。秋天的漫漫远意里，一切都这样苍凉地收梢，谁还在等待谁？

《春闺梦》里，张火丁演张氏，阡陌花开，她等了又等；长亭短亭，哪里知道是假恩情？梦中一见，一段南梆子“被纠缠……”已经让人欢喜又清凉。因为一切是做梦，男人没有回来，这思无邪，是她一个人的思无邪。

思无邪总让我想起古人来。元稹的“曾经沧海难为水，除却巫山不是云”，我读后甚是感动，但考证了才发现，他与崔莺莺一段缠绵之后，考取了功名，并没有回来娶崔莺莺。崔莺莺整日以泪洗面，因为到底失了身。在那时，这样的女子已经沦为过期的罐头。

所以，他写这几句话纯粹是为自己开脱，那只是写给记忆而已，而与崔莺莺，并无任何联系。他后来不停地娶妻纳妾，并没有闲置自己。

思无邪实在是一个太美丽的词语，用在思春少女或少妇身上最为妥当。也有人写，思无邪，诗如妾。诗是小妾吗？妾字也美，本来是名词，可是，念出来就成了动词。“欢从何处来，端然见忧色。花来衫里，影落池中”，谁懂得其中的惆怅与薄凉？真是又艳又寂。

《非烟传》里的步非烟，因为与人私通，被拷打至死，但最后亦没有说出那男人是谁，真是生得相亲，死亦无恨。我喜欢这样柔艳刚烈的女子。白居易的《长恨歌》，有“宛转蛾眉马前死”——也好，因为觉得值得。倘若有男人这样爱一次，即使真的落到这步田地，也是思无邪！不但与爱情决绝，也与天地决绝。

思无邪是蘸了胭脂的水在朵云轩的纸上，即刻渗得一塌糊涂，却糊涂得让人都欢喜。真应了那句古诗：“春江水沉沉，上有双竹林。竹叶坏水色，郎亦坏人心。”说到底还是爱情的可怕。思无邪也是因为男人。拳拳思与念，还是因为他——那个他呀，那个生生的惆怅呀。

在秋夜里，我看《海上花列传》。很闷的片子，都是在夜里，都是在屋里，暗黄的灯光，无非是家长里短，喝花酒，唱小戏，听小曲，男女之间的私情。最后，我却流了眼泪。沈小红穿着绸缎的衣服，端然坐在床上，点着烟，一个陌生男子走过来，坐在她身边，她面无表情，然后，电影结束了。

这唯美的结束如此黯然。我摸索出多年前的一块杭州白丝绸，拿出剪子。在秋夜里，剪刀与缎子都凉凉的，我剪下一块，做一块帕子。我听到剪子和缎子摩擦的声音，那么凉，那么凉。

我在帕子上绣了三个字：思无邪。

一个人的山河岁月

我的山河岁月，一经沉淀，还能有多少？说不好。当时只记得提醒自己，不要，不要忘记，还是忘记了。

记得的，倒是寻常家景，父亲如何买了一块腊肉回来，母亲用它炒了青椒，一屋子的香，弟弟挨了打，跑了，一家人去寻他，寻到他以为还会打他，但母亲却是一把搂了他，啼哭起来。

而那惊天动地我倒全忘记了——全是我以为的惊天动地、金石裂帛的声音，不是艳声娇语与山河动荡，倒是烟火里豌豆剥开的声音没有忘……有多少日子是稀有金属呢？还记得穿了旧的裙子去见自己喜欢的男子，嫌那裙子旧，努力地遮掩，原来，好多日子只是一块旧铁，慢慢生了锈，只有那些终于不能忘记的，如一块金，日子越久，反倒亮起来——但究竟是少。

张爱玲的一生，最亮的只有两年。记得的，也只有恋爱时的惆怅与欢喜，写了字在自己照片上，递给大十五岁的男子胡兰成：她见了他，低到尘埃中去。我想，这是真喜欢了，真喜欢一个人，宁愿低到尘埃中去，一切是没有办法的事情，他爱听什么，她就说什么，喜欢什么，她就贡献什么，简直是低贱了。

想起一段段惨绿的年少时光，我以为会很快忘记，那时候日光真长，又白又亮，仿佛永远过不完。有些躁动而寂寞的九十年代，但很快就过完了，我以为会最快将它忘记，但最忘记不了的便是我的少年，甚至那放纵与悲欢里最细腻的细节，比如和一帮同学在午夜里去喝醉，一个个烂醉如泥，想想就放荡，全学校念检查，现在想来，都有些心酸。

那时候真是稚真得让人欣喜，不为什么，只因为喜欢。这个理由最简单，像《汉赋》便是兴高采烈地指述新物新事，不厌其烦地详绘凡俗细节，成段成篇列举出声色犬马，这样的日子，鲜衣怒马的生活，其实是山河岁月最华锦的一段。指点江山激扬文字亦是有，看不起别人是常事，衣要惊人，话要惊世，时时有自杀的念头才不落伍。爱情放在其次，自己常常让别人谈起才是最骄傲的，虚荣心空前高涨，以为会名垂青史——最后才明白，什么史都不会有自己的事情，有了倒是心烦。

以为最难忘记的是初恋，其实不是。

因为是第一次心动，其实最难忘记的是自己。

自己奔赴在看他的路上，挤在火车里，一火车的民工，夹在汗味和饭味的过道里，盼望着见面的刹那。后来想起，倒是惦记自己更多，在火车上的时光，是自己一个人赶往看他的路上，见面的种种，俱已忘却，偶尔记得那家面馆的辣椒真是辣。剩下的，吵了多少架，流了多少泪，好像是流水账，匆匆地走了，一波波的烟火，放过了，自然还有下一波，于是骂自己无心无情。

其实不是的。

人生这么长，都记得是残忍的。山河岁月飘荡，好日子如金，那么少，那么少。

邂逅自己

那天，和几个友人围炉吃茶，其中一个友人说，其实，我们的一生都在邂逅自己。

邂逅自己，多么鲜妙的话语。

想想看，我们所找的所寻的人，大抵是和我们类似的，或者灵魂最相近。最起码，某方面的感觉很相近。

不是吗？

小的时候读孙犁先生的《铁木前传》，一下子喜欢上了。再读他的散文，更喜欢。后来一日，和朋友一起拜访过孙犁先生，他果然是那种素淡之人。

再大一点，邂逅三毛，看肖全为她拍的一组照片，是在成都的茶馆门前。她寂寞的表情让我找到自己，我想，我也应该点燃一支烟，赤着脚，长发披肩，然后走遍万水千山。

再后来，我邂逅小画大爱的丰子恺，喜欢他画里的意境，理解了那颗心。还有那些朋友，与我一样有一颗脆弱而敏感的心。她们喜欢人间的烟火，等待着一个痴情人，知道桂花开了，细细碎碎的，空气里到处飘着花香，懂得享受白切鸡、蚵仔粥、鱼肠粉的味道……

我们如此美妙地邂逅，其实是与另一个自己邂逅。

偶尔的一个机会，认识了一个女孩子，她喜欢旅行，喜欢一个人发呆，喜欢唱信天游。在她流着眼泪唱歌时，我看到她眼里闪着动人的光。

就为那眼泪，我们彻夜长谈。

我们谈到那些微风中的晨光、卖菜的小贩、扫院子的老太太、路边的榆树、地上的枯叶子、好吃的羊蝎子、落叶和青苔之美，还有那种旷野的寂静，好像都是那么可爱，她说："你在这里啊。"

我说："原来你也在这里。"

一次长谈，我们成了朋友。

之后，我们常常一起去旅行，到西藏看落日，去丽江品苦丁茶。有时，也去一些极偏僻的小镇，我们喜欢边走边唱，喜欢搜集整理那些快要绝种的戏曲。有一次，听到一个男人唱那种要饭调调的歌——妹妹，我想你想得肠子青，想你想得没缝缝……我们泪眼蒙眬，她是我的另一个自己，我不过是与我邂逅。

当然，与一个城市的邂逅也是这样。

有的城市，去过很多次，可是，没有感觉。它不是你的，它与你隔着衣服，隔着温度，始终在云端。

有的城市，你刚一落地，就有了温热的地气。它与你，如影随形，贴心贴肺。

这，是另一种形式的邂逅。

有时候，与一段戏曲的邂逅，或者与一首歌的邂逅也是如此。

我记得飞机上听过一段戏，我根本听不清是什么曲种，反正它不是我听过的任何一个曲种。但那个旦角声音婀娜，以至于我来回听，两个小时，一直在听那段曲子。

后来我看梅艳芳和张国荣演的《胭脂扣》，当他们对唱时，我终于知道，我为什么如此迷恋偶尔邂逅的那段曲子，因为它们如此之像——烟花散尽，无语泪双流，唯清音在耳。笑语盈盈处，是她和他情与爱的纠缠，旧戏台上的一幕，倒似我的前生与今世，这苍凉又妖娆的声音，与我偶然的邂逅，让我魂断。

这还是与自己的邂逅。

有一天，我看到了一张照片。

是一个女孩子，她穿了深色的长裙，中分的长发，半侧着脸。她的背后，是陈逸飞的画，她坐在一张木椅子上，呆呆地看着前面，眼里充满了泪水。但是，那眼泪没有落下来。

而她的手里，有一支燃着的烟。

她的另一只手里，端着一只烟灰缸。

她就那样绝望而凄凉地看着远方，想必她在思念远方。或者，她失恋了？或者，她十分孤单？

就在那一刻，我和另一个自己邂逅。

那应该是我，形销骨立的寂寞，眼里有眼泪，饱满而生动的眼泪，可是，没有掉下来。

我的手里，应该有一支烟，正燃着，我吸，或者我不吸。

在那张照片前，我久久无语，到后来，终于哽咽。

这，也是一场邂逅。

而最心疼的，应该是爱情的邂逅。

他与她，人生初相识，刹那间惊艳。一起去吃老北京前门的卤煮，看天津的杨柳青年画，一起去郊外看千树万树梨花开。她陪着他，看他写诗画画；他伴着她，夜听风雨，欣赏人间的烟火。

即使吃一碗面，他也嘱咐伙计，少放辣椒，他知道她怕辣。

他的画，她这样懂，那里面的苍凉与喜悦，只有她懂得。因为，他是画的她啊，她的细密心思和薄凉，只有他懂得。

这是最美丽的邂逅，如同危地马拉作家奥古斯托·蒙德罗索的短篇小说《恐龙》，整个小说只有一句话：当他醒来时，恐龙仍然在那里。就像每次她醒来，他仍然在这里。

一直在这里。

此刻，我站在阳台上，穿着藏蓝色布裙和红色的麻布上衣，手里缝着一个靠垫，这是给女友缝的。她喜欢一个软软的红色的靠垫，是我亲自去市场上选来的布，她在远方，我要缝给她。

我告诉她，我一直在这里，等待你。

她回了我的短信：你尽有苍绿。这是一首短诗，张爱玲评这首短诗时这样说，在苍绿中有安详的创楚，她不是树上拗下缺乏水分褪了色的花，倒是古绸缎上的折枝花朵，断是断了，可是非常的美。

她说我，你尽有苍绿，可是非常的美。

为她这句话，我知道，这场邂逅，是人生至美。

我也知道，人生如此之长，我还会不停地邂逅。但最美的，应该是邂逅自己，因为只有自己最懂得自己，要什么，不要什么。

她依旧

我去798，那么前卫另类的地方，先锋艺术家的集散地，画家、雕塑家、行为艺术家，奇形怪状的画，三百欧元一张的照片，五十万一幅的画，我和旁侧的人说——这些东西是专门吓外国人的，当然，也赚他们的钱。

我只记得三个字。

是水泥房子，是朱砂红的墙，还有艳阳下透过的阳光，三个字和“将阶级斗争进行到底”排在一起，只三个，我却惊心动魄——她依旧。

想当年，她还是稚气的少女，忽然就喜欢了他。那时的他万人瞩目，人人环绕，羡慕声不绝于耳，他是刚从清华毕业的学子，来曾经的中学言传身教，樱花树下，没早一步，没晚一步，就遇到了她。

她从此喜欢上他，浓得化不开的八月桂花香，暗自撩人的她的心事，统统写进日记中，她还给他写过一封情书，一点点包好，然后快递出去，快递费二十块钱，于她而言是不小的数目，可她居然舍得。

他一直没有回信。

也许根本记不得她是谁，她是谁又有什么要紧？这样的暗恋少女太多，多到如蚁，一把把抓不清。她却自此发愤，也上了清华，她来时，他刚刚毕业走掉，有时候缘分就是这样，错肩而过，便是错过一生。

没有办法。

她依旧迷恋他，寻他住过的宿舍和留下的痕迹，有一日到图书馆，忽然看到他的名字，是他借过的书吧？三个字，帅气洒然留在书上，她贪婪地看着那几个字，深深浅浅，让她一阵心酸——爱情原来是这个样子，即使痕迹仍然让她心酸。

她以三倍价格买下那书。

没想到遇到他，却偶然遇到。那时她是一个外国公司的副总，负责招收中国员工，忽然看到他，远远地就认出了他，他永远和别人不一样，但到底和十年前不同了，落魄了，难看了，有些许的胖，甚至，没了心里那傲骨和自得。

他不同了，她依旧。

依旧有这样的骄傲、卑微、内向，甚至还是那样狂热地迷恋过去那单纯的岁月。

他还是记不得她，认不出她。

当然，她亦不会提起过去的光阴。

所有的光阴，也只是自己的光阴而已，其实与对方，有多少区别？这日与夜的缠绵与思念，大多是一个人的战争，内心是一个庞大的军队，不停地往前走，空洞绝响，是恐怖，是野蛮，是美轮美奂。

至此她才终于晓得，那过去多年不停地挣扎与动荡，完全是因为内心执着。

她亦感谢这执着。

因了这执着，奔波于美丽人间，什么都晓得，什么都不晓得，岁月会把种种凄凉故事全隔断，只剩下这单纯的素色的心，属于自己。

就像煎一味中药，要用四碗水，不停地加不停地加，最后，只剩这小小的一口，只一口，多了就散去了药的味道，光阴又何尝不是？太多光阴是无用而浪费的，而最珍贵的，往往只那样一小口——浓缩的，不肯忘记的——他穿了月光衫子，薄衣秋风里，走得急，那样美，那样俊朗。其实，人生有过那么一瞬，已经够了。

所以，“她依旧”这三个字，美得让人心碎，是广阳区委里那一树树让人惊艳的黄叶法国梧桐，在秋天到来时，让人心疼得紧！

每一个人心里都有一头野兽

她跑来哭诉说，他从前不是这样的。他对我百般忍受，叫他上东哪敢上西，怎么结婚半年，他就变得如此面目全非？臭袜子扔得到处都是，随处扔垃圾，碗要催了又催才洗，胡子要很长了才刮……

我只有窃笑，恋人到了婚姻，那是从量变到质变。恋爱期间，仍然有演戏的成分，为了吻你，我能吃蒜吗？为了讨好你，我要说尽甜言蜜语。可现在，你成了妻，成了我的私人财产，露出真面目又如何？你以为离婚是想离就离的吗？

哪里用哭诉，这正常到不用质疑。

朋友都是两面。你以为她是这样温良恭俭让，忽然有一次，看到她调笑男人，如风尘女郎，你惊住，以为不是自己认识的温柔女子。其实也许那天她恰巧醉了酒，恰巧想耍酒疯？

你的男友，一向玉树临风、翩翩风度，可是，突然有一天，你看到他衣衫不整，上面扣子只系一粒，裤腰带斜斜歪歪，有半只脚露在外面，他的指间有小泥垢，你如何能忍受？虽然第二日，他又变得这样神采奕奕，而且是公认的精英白领。

每个人心里有一头野兽，有何诧异？你也曾惊讶于最沉稳贤良的女子忽然杀了人，而那人是如此暴烈，甚至想起来都害怕。可是，她居然杀了他，而且肢解。还有如烈马一样的女子，整天指着丈夫的鼻子骂，男人如乌龟一样龟缩着，四邻八家全知道她是母老虎，而他怕她如一只老鼠见猫。可有一日，她忽然肿着脸出来，有同事问及，她说，被他打了。他到底暴怒，可是，她却也忍了。这世界总是这样，一个退了，那么，一个就进。

这心里的野兽，大多时候是睡狮，一直沉沉睡着，每个人都一样。只有外面因素不断引诱，才会让狮子醒来。如同爱情，没有那一时那一刻的心动，怎么会发了疯，站在她楼下，不停地发短信说，下楼，下楼吧，我爱你，爱疯了你，没有你，我怎么可以活得下去？

其实是可以活得下去的。但那一刻，有了兽性，觉得活不下去了，死就死，怕什么？

爱到荼蘼，烟消云散。想起来，自己都觉得可笑，我曾经那样疯过吗？

还笑自己，怎么老喝醉了给他唱歌，唱得跑了调，人都唱跑了，可还深情地唱着——怕黑的女人家里灯火依然，怕黑的时候总想见你一面……有时候深情款款真的只是一个人的事情。你深情时，他薄情；他深情时，你正麻木。这世界上正好的事情简直太少，如同人性的两面，恶的一面总被压迫着，但一旦释放，就是晴天霹雳。

所以，心里那小小的兽，就让它安稳地睡着，如果哪天不小心醒了，就也耍一回吧。

谁也别笑话谁，你没有失态过？你没有丢过丑？走麦城的事情谁也不愿意提及，可是，走麦城的时候陪着你的人，一定是最真心的人。

我心里那小小的兽，一直轻轻沉睡着。它醒来吼叫时，请你不要笑话我。

我的呼吸方式

我喜欢一种植物的生活方式。不是花，应该是一种野草。

那种旷野里的野草，很独自。独自一个人。理所当然地孤芳自赏和桀骜不驯。没有人可以与我同行，我始终是我自己的方式，自由地呼吸，你不要想控制我。

这种强大来自内心。

恐怖，带着暗夜的芬芳。滋长，以羊齿科植物的样子，是铁线蕨吗？是吗？

如果是花，也应该是早春的花。最早的怒放，如故宫红墙边寂寞的玉兰，别的植物都暗黑着，衬托着它的怒放——如一场密不透风的私奔，只自己知道有多快乐，这黯然销魂的开放，这紧紧的呼吸。动荡的开花季节，为错过别的花，一意孤行地先开着，其他的花都还没有花苞，可是，我会提前开放，一路跳跃着，引得春天都频频回首。

其实是早春。

其实特别孤单。

但这样的孤单多少带着炫耀与自得。就要和所有的花期错开，我花开后百花杀。独自度过最寂寞、最孤清的春天。

可是也有绵长的盛大。

虽然短到如夏花，已经够了。我听到自己有些恐怖的呼吸，在春天里，怦怦地跳着，击碎我的很多东西。连美都要这样心惊肉跳——绝不雷同。雷同意味着庸俗与不堪。

等到所有花热烈奔放地开了时，我已经悄然谢幕。我喜欢这种方式，这是我的方式——一个写作者应该有的寂寞方式。我的寡言，我的沉默，我的盛开，以及植物一样的凋谢。

什么可以让我更加坚定？内心的丰盈。这来自阅读，来自生活中细微的细节。我保持着苍老的天真，保持着多年以来不可改变的孤独感——犹如宣德年间青花瓷一样的可贵感觉，泛着蓝色的光，淡定，自如，有着不可忽视的光芒。但这光芒绝不刺眼，绝不伤害到任何一个看到它的人。我迷恋这种素色光芒。

或者做一棵老树，有了皲裂的皮，黑的，黑得泛出悲伤来。我曾经在后海遇到过这样一棵老树，过了银锭桥，在张伯驹故居附近的一条巷子里，我忽然与它相遇。它显然是老了，只有半截了，没有郁郁葱葱的树冠了，可是，那么优雅地孤单着。

我的摄影师说，来，来，你适合这棵树，你依着它，我们拍一张照。

我记得是早春。我穿了一件“紫布语”牌的长款毛衣。这个牌子很奇怪，总是一些纯棉或麻，我喜欢它的夸张，夸张到让人感觉舒服和惬意。真的很好。有些时候，我是个有些贪心的女子。我买了黑和老绿两种颜色、一个款式。我喜欢“老绿”这两个字。绿老了会是什么颜色？我的老绿和这早春的老树，依在一起，取暖，享受春天里稍微有些阴的天气。感觉极微妙，像一对久别重逢的恋人，其实一切都可以不说。

我侧脸看到一棵老树，主干上伸出枝丫来。它是一棵几百年的老槐，大概被雷劈过，所以断了。以为死了，却又生出新枝，新绿那么茂盛，带着喜悦与新意。

我喜欢这样的邂逅和相遇。

也选择过同款的两件毛衣。黑和白，最简单的颜色，最鲜明的对决。不中庸，不迁就。黑就是黑，白就是白。多像我，骨子里彼此争端的两个分子在战争——一个是向往世俗的花好月圆，而另一个，孤清冷绝、安静、漫不经心，带着颓唐与无奈。我一直想用一个摆脱另一个，结果发现了自己的软弱无力。我的呼吸方式，一半是自由，一半是混沌。我的时间，一半是黑夜，一半是白天。

我坚定，可以到。我脆弱，可以无力。

我绵绵，可以任由自己泛滥成灾，我又决绝，自视是无情人。这是我？这不是我？王尔德问，我是谁？我想，不仅他不知道，所有人问起来，都会疑惑重重。

人生如河水滔滔而去，而夜色总是无垠。站在时间之河的这端，我愿意顺流而下或者逆流而上。我愿化成一岩岩化石，或者夏天里最茂盛的植物。

最终，所有的人、所有的事物都将消失于时间之河。我惊喜于这样的消失。

我愿意被时间大口大口地吞掉，不留痕迹，杳无音信。这样一想，我心里更加安静。感谢内心，我选择了最寂寞的呼吸方式生存。

独自寂寞，田野空旷人稀。

如果我的心是一朵莲花

如果我的心是一朵莲花，我希望它是一朵风中的莲花。是夏日的黄昏吗？晚风吹来，吹来动人的问候，而我在池边，等待一场与风的相遇。

多么美呀。为这相遇，我一直翘首等待着，从去年冬天开始的等待吗？那时我还是一枝残荷，在冰冻的水里挣扎着，我知道有一场相遇在等待着我，所以，我在努力地保持自己的温度。

请理解我那时的残破。

请理解我在冬天的坚持。

不，我不放弃。

我知道这是冬天，我知道每一株植物必然要经历的季节，哪能一开始就饱满得是花朵？哪能一开始就步入春天抽枝发芽？所有的植物，一定会经历最疼最冷的冬天，在漫长的冬天里，蕴藏一生的生机，为春天的抽芽做准备。

有谁记得我在冬天里的努力呢？我在寒冰中，不灰心，不抱怨，用所有的残枝败荷为自己取暖，一定会有冬天的艳阳照到我，一定会有人经过我，然后说："嗨，这里有一枝冻荷。"

我在最冷的时候，因了这一句就会感觉到温暖，就会眼睛发潮，也许所有的植物都一样，最脆弱的时候得到的温暖永远会记一辈子，而那时的坚强，才是真正的坚强。

春天终于来了。

我闻到了空气中的花香，听到了小鸟在春天里歌唱。寒冰终于化了，我在绿色中慢慢伸出我的茎，那枝枝蔓蔓冰冻的姐妹们，你们也等待这一天吗？我在春天里歌唱、跳舞，在风中吟诗，我看到了春天的颜色，在一片绿色中漾出微笑，如果我的心是一朵莲花，我一定在春天里抽枝发芽，一定不错过与春天的会面。

——即使等待太久，我仍然会一直等待下去。

当然，这一切是为了盛开。

每朵植物都是为了盛开，请理解我整个春天的努力，我把每个细胞都张开，把每一个脉络都绷紧。为了这一场盛开，我孕育了一个冬天和一个春天。

我记得春天里自己的芬芳，记得每一个细胞在张开时的动人，我记得我的心微微地疼。为着这春天的舒唱，我的心，是一曲美丽的小夜曲，又是一曲动人的交响乐，夏天来临之前，我已经为盛开准备好了，我已经亭亭玉立——我准备迎接艳阳，也准备迎接风雨。

请记得我盛开的时刻吧。

那一定是我一生中最美丽的时刻，所有的含苞都只为这一刻。这一刻，我最美丽；这一刻，我风华绝代。即使我不是风华绝代，这也是我自己的倾城之恋。无论是女子还是植物，一定有一个时刻，我最美丽。

那是与光阴的相遇，与夏天的相遇。

满池莲花，为自己这一季招摇，请理解我们的放纵和盛开。不，我不含蓄，绝对不。一朵花儿，就应该开的时候开，该败的时候败。

我迎着雨露与朝霞，让那些露珠在我的花间流淌，我与它们轻声细谈。它们，是我最亲密的朋友。等待了多久，我才等到了与它们的亲昵？我迎接风雨与雷电，骄傲地昂起我的头，我迎接阳光与微尘，在莲花盛开的时候，纵情纵真。

当然，我也喜欢有月亮的夜晚。

安静的心体味孤单与寂寞，此时的月亮是最好的倾诉者，我把自己的心事悄悄说出，脸红了，心跳了，月亮，你应该知道我的心。

盛开之后一定是秋天了。秋荷是饱满的了。你看，我已经凋谢成泥，但莲蓬之下，有藕，有那成熟的果实。

虽然没有了花的娇嫩，但谁能否认，此时，我最美？我最富有？

在整个秋天，我静如处子。宽大飘逸的荷叶想念着夏天的莲花，亲爱的，请不要伤感，明年夏天，我依然会盛开。

如果我的心是一朵莲花，就让我做一枝最静美、最禅意的莲花吧。让我享受天地之间的灵毓之气，让我享受这人间的风雨交织，也让我体味这盛开和颓败，如果我的心是一朵莲花，就让我做一朵风中的莲花吧，为着盛开，努力地活出一朵莲花应该有的样子。

我行我素

一直以来，我想写她。

她太美，看一眼，但觉得失了魂，即使是我，如此要求完美的人，我亦认定，她美到心惊。

但我迟迟不下笔，越读她越爱，她并不是太讨好的女子，因为过分美丽，所以过分危险。

非常美，又非常罪。写她时，我常常想起这几句话来。她是生来的戏子，伶人之中，她具有天生惹是生非的气质。她和别人气场如此不同，她的美具有侵略性，让所有女人不舒服，人缘次是正常的，因为她从来招摇放肆。

言慧珠，言菊朋的二女儿，天生丽质，梅兰芳最得意的弟子。我看过一张她和梅兰芳的合影，两个璧人，绝色倾城。

她一出场，满场皆惊，高挑靓丽，气质高贵，有一种凛冽和自傲。她有清高与骄傲的资本，不仅国色天香，而且嗓音动人。她唱压轴《女起解》，她父亲唱大轴，她唱完之后，观众走了一半，连她父亲都嫉妒她，一病不起。

她不管别人，一意孤行，我行我素。

开会时，所有人坐定，她才缓缓进场，裘皮大衣，高跟鞋，大波浪卷发，法国香水，所有人都屏住呼吸，不能当她不存在，她有自己独特的气场，足以勾引男人，足以让女人自卑。

她活得这样浓烈，是一朵荼蘼花，只觉得“荼蘼”这两个字分外生香，叫起来都有一种堕落的美，让人心猿意马。

言慧珠艳丽，壮观，白，而且大。多么像这朵花，秋天的最后，才是青跗红萼，一片惊艳。

就连她的爱情，亦是这朵花。两次爱情，两次婚姻，她全力以赴，心中有饱满的爱情，无处可放，总是遇不到对手。她的爱情太过浓烈，过分地想投入，所以，会变得冰凉。与白云，算是冰与火的缠绵，他与她，本是相似的人，因为太过相似，都太招摇，所以，注定会灭。白云是那个年代最飘逸、最俊朗又最靠不住的男影星，她烧过一次，化为灰，但从不抱怨，她宁愿为爱情烧一次。

再遇到俞振飞，她又动心。

他长她二十岁，她不嫌。她有自己的考虑，俞振飞名声和地位都比她高，当年最红的小生演员，如今的上海戏剧学校的校长，曾和梅兰芳、程砚秋合作。我收藏了程砚秋和俞振飞的一张老照片，经典剧目《春闺梦》。她这段爱情，有势利的因素，可也动了真心。

两个人一起从上海到北京拍《游园惊梦》，俞振飞的柳梦梅，梅兰芳的杜丽娘，言慧珠的春香，这是绝配。他和她住北京饭店，那时，她就动了嫁给他的心思。

她每天找他聊天。他给朋友打电话，“我烦死了，她天天来找我。”几个月后，俞振飞又给这个朋友打电话，“我要和言慧珠结婚了。”

这就是言慧珠，永远和别人不一样。她依旧张扬，靓丽，作为上梅戏剧学校的副校长，她没有校长的样子，依旧是黄色的大衣，明亮的大卷发，黑色的丝袜，学生们都停下来看她，她照样我行我素。

1961年12月，由她和俞振飞带队的“上海青年京昆剧团”访问香港并举行公演。在香港，言慧珠的“明星意识”一下子又被唤醒了。香港，这是多么适合她的地方，如此纸醉金迷，如此让人沉醉，于是，她又活了！

那几天的言慧珠，不仅烫了当时最时髦的发型，还在后台当场找来裁缝，为她量身定做短旗袍，珍珠项链、翡翠钻戒又再度回到了她的身上、手上，她又成了从前的言慧珠，这才是她，美到天然，美到纯粹，美到惊人！

那年她已经四十二岁，风华绝代，玉貌朱颜，她哪里像一个四十二岁的女人？她是幼稚的，没有体会到张扬背后会面临的险峻，在当时的环境下，她不懂得收敛与改变。

懂得收敛与改变就不再是言慧珠了！

它挣扎着开，最后的光芒，这样让人感觉到努力，我喜欢这怒放，哪怕只一瞬。如果是爱情呢？爱情如荼蘼，也开过一季，挣扎过一季呢？

她没有遇到懂她的男人，无论是白云还是俞振飞，他们不懂得她，不理解她，甚至配不上她的狂热和浓烈，她是为自己一个人燃烧，烧得炽烈，烧得自我。

所以，在“文革”开始以后，她会选择自杀。

这是她必然选择的一条道路，她一生唯美，美到不能原谅自己的生命里有瑕疵，她不能允许自己穿着干净的衣服去扫厕所，这是她一生中的第三次自杀，她个性强烈，不能容忍过错或瑕疵，遇到不顺心的事情，首先想到逃。这也是言慧珠，她只能完美，只能美到惊心。

造反派把言慧珠塞在灯管里、藏在瓷砖里、埋在花盆里的钻戒（多达几十枚）、翡翠、美钞、金条（重十八斤）、存折（六万元）都掏了出来，甚至连天花板都捅破挑穿。言慧珠一生唱戏的积蓄，顷刻成空。

1966年9月11日，她用一条唱《天女散花》时使用的白绫吊死了自己，这亦是言慧珠的方式，以决绝的方式，和所有人告别。这不是她的时代，她活得比所有人超前，包括她的人、她的艺术、她的爱情，她太浓烈，怎么可以溶于一片平静的水中？

章诒和在《可萌绿，亦可枯黄》里写过一句话，我们这个时代，根本不配产生言慧珠！

这句话，掷地有声。

言慧珠的一辈子活得太超前了，时代踉不上，历史不允许，她没有生路！有人这样说她，我听到后，只是难过和惆怅。

前几天，我去霸州的李少春大剧院，参观李少春纪念馆，那里面有一张五十年代的名伶合影，所有男人穿中山装，所有女人穿列宁服，这里面的人包括梅兰芳和程砚秋。只有她，也只有她，穿着貂皮大衣，烫着大卷发，坐在边上，那么骄傲，又那么寂寞！言慧珠，她是为美而生存的女人，她提前生了一百年，所以，她也寂寞了四十七年！

可萌绿，亦可枯黄，即使黄了，言慧珠，你也黄得这样惊心，这样动魂！

与自己独处的时候

是应该和自己单独待一会儿了。

关掉手机，关掉电视。

也关掉内心那些浮华的、虚荣的小窗户。有的时候，和自己单独相处一段是必须的。

太吵了，太热烈了。需要镇静的时候，是和自己单独相处才能有的。

连音乐也是多余的。

不要那一段喜欢听的老戏，也不要那杯热咖啡。只要把自己拉过来——来，来，坐下，只有你和你自己。不能再多了，只能这样了。

面对面坐着，发发呆。

眼神交流，对面的人也是你自己——那是一个终于卸下面具的自己，干净、清澈，内心一片苍茫。

安静极了。

可以听得到呼吸——扑嗒，扑嗒。可以听得到鸽子在阳台上散步，可以听得到空气中传来的水滴声。此时，寂寞可以被放大，孤独也会。可是，这恰恰是与自己独处时所必需的。

也要有必要的追问——是否一直在往山下走，是否回首时一片苍凉？是否那山下的灯火辉煌已和你再无关联。而达到半山路途中时，发现行人越来越少？而内心却，越来越，坚定。

那些空空荡荡呀，突然缠绵而来。我和我自己开始战争了，这是一个人的战争，这也是两个人的战争。此时，最私密，最浩荡，最秘而不宣。

白热化了。我和我！我多么理解我，我又多么不理解我，为了赴这场最美丽的邀约，我已经推辞了多少热闹，那些热闹终会离我渐行渐远，只有这些饱满的、敦厚的气息会留下来。不怕迂腐，不怕俗气，它们留下来，安营扎寨了，陪着我，度过一寸寸老光阴。

又化干戈为玉帛了。整个交战的过程中，是一个人，是独自。我把自己打得落花流水了，我把我放逐了。在那无人的小岛上，也无风雨也无晴了。有时候，客舟听雪一个人就够了，有时候，孤独是必须一个人才能品味的事情了。

和自己单独相处的时候，是最真实的时候。把那些不可告人的私密晾晒吧，那些不能启齿的，那些厌恶至极的，那些欢喜得要命的……它们带着霉菌和毒素，它们带着侵略和邪恶。可它们是我的，只能和另一个自己分享。在此刻，可以冷漠，可以忘却，可以厌恶，也可以，极尽欢喜。

这一刻，忽然战栗起来。

自己是自己的同谋。

与自己私奔吧，去到没有时间、没有地点、没有情节的旷野上少有的艳烈时光，连一杯茶都嫌多余。一生中，总有这样的时光。只想和自己单独待一会，哪怕什么也不说，哪怕只是坐在时光的列车上，一路狂奔而去，管它去哪里呢，不重要。重要的是：与自己在一起，私奔了。

站在窗前久了，腿有些麻。坐下了，在阳台的红沙发上。天气是恰好的阴天，但是屋里暖气很热。这个和自己耳鬓厮磨的过程是有些缠绵的，这暖气仿佛是道具，增加了一些催化作用，可真好。

是淡墨？抑或浓墨？哪一个更真实？

是惊红？是骇绿？哪一个更烈艳？

寒夜客来茶当酒。客来了，是自己，连茶也是多余的。不要了，就这样枯坐吧。枯坐到时间都化了，枯坐到时间变了形，可以弄成一种别针的形状，把它别在胸前，对照自己的少年。

春来欲作独醒人。

扭过头去，看到楼下梅花居然开了。一花独傲，这样孤冷，这样不惧那周围任意侵略的灰色。它和自己单独相处时会如何？会落泪吗？会难过吗？会有刹那间的心酸吗？想起许久许久以前的事情，以为忘记了，忽然又扑面而来，而且声势浩大，细节脉络如此清晰。倒是离得近的那些，一晃二晃三晃，全忘记了。

打开那些时光里的月光宝盒，看到那些一个个自己。她们也曾经那么热忱，傻子似的付出着，她们也曾经心灰意冷，她们也曾一意孤行，她们也都那样虚荣而且动荡着，她们也曾那样清凉潋滟，也曾那样清远深美。

她们的影子交叠在一起，一步步逼向我。

素瓷传静夜，天气黑下来。我被我包围了，杀气腾腾的。可是，很快就安静了。她们是曾经的我，早就面目全非。她们纷纷又离我而去，挥手自兹别，天涯又古道。风声鹤唳的时光走了，心里有一座桥梁，是自己通向自己的桥梁，我看到对面的自己有了翡翠的光泽，闪着苍绿的颜色。

这样的相处，有了最孤独但也最饱满的意味。我分开时间的洪水，知道有一件事情还没有告诉自己，那是一件什么事情呢？那一定是一件最重要的事情，重要的连自己也不知道的事情。

与自己单独相处的时候，一定要有这样一件事情。

一个人

一个人，这三个字很有意味。

它和两个人不同，两个人，就有了依靠，有了温暖，有了温度。三个人，就有了热闹，一群人，就彻底热闹了。

一个人，是寂寞的。正如丰子恺的那幅名作《人散后，一钩新月天如水》，空灵的，只剩下一钩新月和冷掉的茶，而人，已经孤独于月下寂影里。

喜欢一个人，是很小的时候，才十多岁的年龄。我不合群，大过年的，一个人跑到城墙上听一个老头吹箫。那时家乡的城墙还没有拆，风大，到处是土，我穿着碎花衣裳，听他吹箫。

十六七岁，我迷恋上三毛，看她一个人走遍万水千山，那张穿着牛仔裤、白衬衣，戴着西部牛仔帽子，梳着麻花辫子的黑白照片迷死我了。我贴在墙上，不停地看不停地看，那样的风情，一下子击中了我。一个人的灵魂，原来可以清幽美丽到这种地步，她去的撒哈拉，她去的那些异乡小镇，如此，如此地吸引了我。

是从她更知道了“一个人”的好，知道“艳不求名陌上花”的妩媚和妖娆，我便开始一个人独行了。

我喜欢独来独往，人多的地方极少去，喜欢一个人背了包到处云游，一个人走走停停的那种意味，如果不去亲行，怎么能体会到其中的曼妙呢？那是比恋爱还要来得美妙的一种心跳。

最深的记忆是一个人去徽州。

徽州于我是如影随形的。像恋爱初露端倪的时候，怎么着都是满心欢喜，充满了禅意的芬芳，真是好。

到了徽州就有了那种前生今世之感。这感觉折磨着我，我睁着眼，仿佛是看等待了千年的情人，一切如此熟悉，那四水归堂的老房子里，我可是穿了丝绸衣服，弹着箜篌的女子？可是那等待自己在外漂泊的商人的妾？今兮何兮？两世相托的人啊，在这里已是泪眼蒙眬，满心的欢喜。

于是住到了民居里。那么高大而古典的建筑里，依稀听到住过的女子唱给我京剧或者黄梅调，婉转婀娜，真是好听。我在窗前，隔着几百年的窗棂看月光，月是几百年前的月，人已隔了千山和万水，却是一样的寂寞深深，犹是春闺梦里人。

行走在徽州的小巷和池塘边，感受着当年那些红顶商人的繁华和落寞，白花花的银子运回来，建了这古典而优雅的房子，可以怀旧，可以豪情，那小小的后花园里，是不是也和心爱的女人缠绵过？

一个人，我找到了前世。

那十几天，我一直以为自己在前世，无限地风情，等待着自己在远方的情人。

后来看一个人写的一本书，名字就是《一个人，在路上》，这人生，大多是你一个人在路上，你奔波，你喜悦，你悲伤，最能解你的药，是你自己，没有人比你更明白你，也没有人比你更不明白你。

一个诗人写过一首诗，她说，人，都是单数的，来时是，去时也是。

是的，我们都是单数的。

在整个人生中，我们经历亲情、爱情、友情，我们为此感动、落泪、伤心、缠绵、销魂、寂寞，但走时，没有人陪我们，我们来的时候是自己，走的时候还是自己。

一个人，是单数的。

一个人的时候，更是意境。

哪怕醉卧地毯上，一个人，开了最大声音听三十年代的录音《白蛇传》，戏里的白素贞唱得多婀娜：红楼交颈春无限，有谁知良缘是孽缘……那时的眼泪，也是纯粹，也是美好的。

一个人的时候，充满了私密的快乐，可以想，可以不想，可以在如梦如幻里，抽一支烟。

烟雾升起来，我渐渐沉醉了。

越来越喜欢那些抽烟的女子，是因为喜欢写字以后，我喜欢的女子杜拉斯是吸烟的，三毛亦是。三毛有一张吸着烟的照片，中分长发分垂下来，盘着腿坐在地上，一张有点颓废的黑白照片，是在四川的一个茶馆前。

看着看着，我的眼泪就下来了。一个女子，没有太深的寂寞，怎么能与烟为伴？她们的优美和落寞与坏无关，但优雅的姿势让人浮想联翩。

还喜欢那些烟上的字句。抽万宝路的人说，常抽万宝路，爱情慢三步，是不是吸了烟的女人都太寂寞或太自恋，所以，在爱情上常常会是随遇而安的?

这些女子，仿佛是没有年龄的，她们永远散发着让人迷醉的光芒，即使她们有婚姻、有爱情、有孩子，但什么也挡不住她们那种“一个人”的光芒，那是让人非常心醉的光芒，你看到她们的时候，以为她们永远是那种高龄少女，因为，她们的身上有一种“态”，这种“态”，非寻常女子能拥有。

一个人的时候，常常发呆。

阳台上有红沙发，软软的黄色的靠垫，小小的茶几上，有泡好的1975年的普洱茶，我常常坐在那里，就那样坐着，感觉到无限的惆怅，却又无限的美。

孤独生涯经历惯，自吹炉火夜煎茶——在这样的夜晚，是适合一个人发呆的。一个人，并不是孤独，如果你喜欢，它就是喜悦，是意境，是海棠花里寻往昔，那往昔，处处是醉人的旧光阴。

爱看旧事听旧曲，齐秦有一首歌《寻》，狼一样地嘶嚎着：一个人，在路人，我独自思量，我一个人，在路上……十六七年前的旧歌了。那时，他还年轻吧?

这样想着，忽然掩面，忽然感慨，这样快，小半生就过来了……无论怎样，一个人，在路上……是美的。

苍老天真

这真是一种独绝气质。

她随着时间的流逝有了苍老的容颜，却始终有一颗饱满的天真的心。

她们不会变老，不会枯萎，只能在与世长辞时告别。我常常在一些女子身上看到这样的苍老天真，比如杨绛。我对她的喜欢超过对其他女学者的喜欢，因为她不做作。她总是亲手为钱锺书理发、安静地读书，翻译《堂吉诃德》，有大美而不言。她喜欢静默的东西，低调、内敛、不张扬。苍老天真，于世俗而言，是一种无言的美德。

又有言慧珠，四十二岁了，还像小孩子一样，到香港一看花花世界，立刻兴奋起来，买了珠宝臭美，完全一意孤行，不顾别人的感受。这样的苍老天真，于红尘而言，是寂寞的难得，是春天里早春的花，分外扎眼。

苍老是容易的，随着光阴慢慢就老了，不用人催。自己的第一根白发提醒着，真的老了，第一次还胆战心惊的，到最后拔不过来了，太多了。开始用染发剂，黑得不能再黑的黑，仿佛年少，也只是仿佛。后来不再染了，染不过来了，一头银发白得似雪。原来真老了，但天真是难的，人得有一颗素雪的心，放在银碗里，素白白，清凉凉，别人的纷扰与己无关。

那些拿着旅游地图、揣着几千块钱找景点的人，大抵是为了向别人炫耀去过哪儿。而真正属于自己内心的寻找和行走一定在寂寞中，在别人所不知的那些地方，穿了一双最普通的鞋，一往无前地走着，在那些曾经有过辉煌的院子里发发呆，看看早春的玉兰开了，和八十多岁的老人说说话这样的苍老天真，已经让时光熏染。

真的苍老并不可爱。谁喜欢老的东西？腐朽、没落、江河日下、带着拖泥带水的讨厌……说话也不利落了，总爱颠三倒四说从前的辉煌，但苍老的天真是可贵的。老了，还有一颗少年心，上演儿童戏，如今春来春又去，白了少年头，而且同样喜欢着暮春时节，于城外采一枝梨花回来，让人知道是春深了。

松间明月多少年？转眼就会老掉。

但少时天真与苍老天真相比，很稚。苍老的天真施施然，我见过四十岁仍然独自在路上的女子，她的脸上呈现出黑和高原红，安静凛冽的眼神，穿了印度买来的手绣蓝色衣服，手上一只银镯。她寡言，总是在角落里，在西藏小旅馆里遇到时，谈到生死寂寞。她那时已经在路上十年，一边旅行，一边写作。我看着她，她亲手为我泡了一杯普洱茶，细声细语解释着去纳木错的路，并且说："可以买些红花来喝，治月经不调非常管用。"她的声音，干净透明，带着雪域高原的沙哑，我居然迷恋那沙哑。

我知道，这样的苍老天真，足以打动麻木的心——但她们在别人眼中是异类，过于天真，过于维持着纯粹和干净。这样格格不入的人只能在旅途，或者成为大家，一意孤行地活下去。

三月的一天，我在徐悲鸿纪念馆看到了这句话——活着，就要一意孤行。徐悲鸿有着画家应该有的慈悲和孤芳自赏，亦有着不同寻常的苍老天真，他爱学生孙多慈，却爱到一半不得而终，最终让蒋碧微逼到无路可退……看他的后期作品，饱含无可奈何，笔力苍劲，却仍然有着少年天真。我看到他二十多岁的一张自画像，因为家境贫寒，居然是贷款才得以把父亲下葬，悲苦始终围绕着他，但他画的漓江山水仍然一脉天真，看后心里清凉，我在那幅画前流连，想象他是如何怀了喜悦画的这幅画……

我父亲一生致力于科学，家里天文望远镜有好几个。他又养猫，四五只猫是常事，六十几岁的人了，总是唤猫的名字，和它们说话聊天。院子里兰花开了，他拍下来发到我的邮箱里，春天里花开了，他一定打电话让我回去看，但他拉二胡时却又是另一种样子，全情投入，无视别人的存在，有时拉到自己都泪水涟涟……那种苍老的天真让我感动，我想，我老了也要做父亲这样的人，给猫起了名字，和它们聊天，发发呆，听听戏，再和自己喜欢的人散散步，这样一想，心里就觉得特别妥帖。老有什么可怕呢，有天真在，老就显得那样可爱。

就像父亲在电话中说的，阿二生了两个宝宝，要过满月，你回来吗？

阿二是我家一只猫的名字。

时间是个孤单的孩子

还有比时间更孤单的吗？它总是一个人走，没有人能陪着它，所有东西都有终结，它却没有。

连太阳再过五十亿年就寿终正寝，但博尔赫斯说：“时间就是构成我的东西，时间是将我冲走的河流，但我就是这条河流，噬碎我的是一只老虎，但我就是这只老虎，将我烧掉的是一把火，而我就是这把火。”

这是比较自信的说法。

最真实的说法是贝多芬所说，对时间，我们无能为力。或者如哲学家罗素在老年时说道：“当我们老了，才知道，我们有所惧了。”这是让人心酸的。

时间，这个执着而调皮的孩子，孤单地往前走着，扔下一批人，又一批人。

它开着一辆单行线的火车，一去不回头。很决绝，很孤芳自赏，很无视我们对于生命中事件的哭或者笑，它留给我们一些寻找的线索，然后扬长而去。

真无情啊，时间！

它锐利、易碎，容易被打破。它孤独、沉默，任你花言巧语，仍然一意孤行地往前走。它如小豹一样，充满了谜一样的美，时间的花纹最美。在故宫藏馆的那几万件珍品中，我看到了时间的力量，那么强大，仿佛是一个君王，而所有人或事，无不臣服于它的脚下——我们是时间的奴隶，被它鞭打着，它给了我们最宽容的无耻，也给了最暴戾的乖张，它纵横驰骋于我们的青春，也在人到老年时留下一声巨大的无可奈何的叹息。

这真是一种哲学上最大的孤独。

优雅、绝望、温情，无可奈何，又充满了奢望。时间逼仄的空间很小，转眼就是小半生。时间又丰硕得让人绝望，到了老年，偏偏剩下的都是时间，一分一秒都是地老天荒似的长，过不完……一滴，两滴，时间充满着少年的诱惑，趴着窗子往外看，越来越看不清那远方的世界。

时间真是个孤单而任性的孩子，才不管我们多么奢望它可以停留，不，它不多停留半秒。于任何人都一样，它给你月亮，也会给我太阳。

最美的时间也许是充满了那种素色光芒，沉默中度过了孤独，充满了野性的美，那是极度私人的时间，属于一个人的！个人时间！时间孤单地陪着孤单的你，同赏一轮明月，同煮一杯清茶——今年欢笑复明年，秋月春风等闲度。万千愁绪未及说，转眼已经发如霜。

但我们对于时间的惧怕几乎与生俱来。

祖奶奶九十五岁，穿上我买的红棉袄，一脸喜气地问祖爷爷："我，不显老吗？"这是幼稚地问，让人心酸地问。九十五岁，还问显不显老？九十五岁，还怕老？还在和时间较劲——我们的一生都在和时间拔河，自知终于会败下阵来，时间永远是少年，而我们从河的此岸被它拉到河的彼岸，仿佛只是一个刹那而已。

可时间又让我们着迷。

是从什么时候开始有的时间？

天地洪荒，这样的追问多么单纯。就像问生从何来，时间和它自己在一起，只和自己在一起，不离不弃。

它扔掉了多少人多少事，一如少年一样，茫茫然往前冲着，我们被远远地甩在了身后……枯了，老了，只留下那一堆曾经的痕迹，以不同形式活在一些人的记忆中，那些人，也终将远去。

只留下时间。

它与自己交战，一边打一边往前走……我真喜欢时间这个孤单的孩子，多少年了，它依旧是那青葱少年，怎么会老呢？霍金《时间简史》和《果壳中的宇宙》也在说，时间只是一个概念。

它真的是一个概念吗？

断裂的声音在体内如早春的玉兰，嘣嘣地裂开了，在时间的果壳里，我看到了我自己——一个喜欢文字的女子，淡绿色的一株植物，像一朵莲花吗？有着我自己的茂密丰盈，有着无以改变的惆怅和孤单，我用文字对抗时间，毫无疑问，我仍然是败者。可是，在这不断激战的过程中，我留下了那些或者诡异或者华丽或者破败或者不值一提的文字。

我为了我。

只是为了我。因为时间值得对抗，它有一种致命的美，足以让人心碎的美。如最烈的豹，你再强大，它亦会一口一口将你吞噬，而这样的吞噬，多么幸福——我宁愿被时间吞噬，哪怕半丝痕迹不留。

只是为了能在时间的河流中稍作挣扎，这样一想，心里多么地肯定自己——明明如月，何时可掇？我只知春天又来了，我不能再错过任何一个春天了，所以，买来一枝春欲放，插在那青花瓷的花瓶中，一个人赏来一个人看。

我陪时间，一起孤独终老。

老树
印信

优雅地老去

优雅是件很难的事情，比矜持难，比无赖也难。矜持能装，无赖更容易——不要脸就会无赖了。可是，优雅不行，优雅要气质，要资历，要岁月沉淀，要那份从容和风淡云轻、闲云野鹤。

优雅地老去就更难。老了，难免长了皱纹，衣服也不讲究了，妆也不化了，也说东道西了，也忘性大了。所以翻着旧照和别人说，看，他年轻时追求我，我不同意——因为老了，所以也许什么都可以原谅？

记得小区里有个老人，一头银发，大红的衣服，瘦，时常穿牛仔裤。我喜欢她走路的样子，不老态，一点儿也不。见了年轻人，总会明媚地问好。她的心态好，非常让人心仪。

还记得看过一本书，孙犁的散文。写到老，他说："如果老了，我就什么也不干，发发呆。因为没有年轻时的睿智和聪明了，所以，我什么也不写了。我怕留下垃圾文字，我不让人笑话，我要优雅地老去。”

看到这里，我叹息一声。大道低回，这于一个作家来讲多么难得！如果我没有了才情，我宁可闲置，什么都不做，我怕会越写越烂。我想起张爱玲来——盛年只两年，此后，漫漫余生，几乎都在搞翻译工作。为了躲避媒体，她一次次地搬家。她愿意一个人享受上帝赠她的孤独。这种老去，是贵族式的优雅。

我还看过一张画，我忘记是哪个大画家画的了——他穿着袍子，呆呆地看着脚下的纸屑；外面的阳光照在他的脸上，他脸上有表情也没有表情，很散淡。他和那些阳光融化在一起。我知道，那种老，很优雅。

老去很容易，优雅很难。每个人都会老，每个人都怕老，终究会老，只是如何老下去的问题。很多人，糊里糊涂地就老了，一把皱纹了，啰里啰唆了，老得很不细腻，老得很粗粝。

那些半老更可怕，更能检阅光阴如何在脸上刀削斧刻。

张曼玉是妖精，总是那样精致的脸。不，不能光说是法国化妆品的作用。哪个明星都用化妆品，都舍得用极致的化妆品。可是，张曼玉不像四十多岁的，她举手投足，没有年龄。

王祖贤就老了，老得松松垮垮了，没气场了，托不住了。张曼玉始终有一处气场在托着她，很神秘，很说不清。这些半老徐娘们，她们两个是极端：一个永远不老，一个迅速地老了。

我能想象张曼玉八十岁的样子，一定还是个妖精一样的老太太，看不出年龄。就像我去香港时参加了一个宴会，我看到一个披着红色披肩、戴着珍珠项链的八十岁的女人，她哪里像八十岁啊？一头卷卷的发，不黑，亦不白，是刚刚好的那种颜色。她手上戴几克拉钻戒，手背上印了蓝色小蝴蝶，眼睛大而迷人。眼睛大的人容易有眼袋，可是，她没有，好像还只有五十岁。她冲我嫣然一笑：看，我的蝴蝶好看吗？

当然好看。这么精致的女人，八十岁了，还要在手背上印上蝴蝶才来参加晚宴，而且迷人地笑着，问我们有爱情没有。她说，爱情是个好东西，可以让女人看起来年轻十二岁。

她轻声与我们交谈，英语、印尼语和日语混杂着，并且轻吻年轻男子。我旁边的男子六十多岁，哈哈笑着与她开玩笑，说她老不自重。她也笑着："我年轻时活得太严谨，八十岁再不轻薄，来不及了。"

我喜欢这种老不自重，优雅得十分有道理——是另一种雅致，别有风味。

临别她飞吻我，然后把手轻轻放在嘴边，再轻轻地吹一下："亲爱的，接住啊。"

我眼睛差点儿湿了。这是怎样的童心？我们约了明年再见，她说要带蝴蝶给我，也给我的手上印上蝴蝶。

我知道，优雅地老成这样需要仙风道骨。可是，我宁愿努力地去老，就像明知思君苦，还要苦相思；就像知道爱情有时不过是一场盛大的烟花，还是要努力地去开、去绽放。那么，我也希望优雅地老去，老出风骨，老出一锅汤，也老不自重，也在自己的手背上印上一只蝴蝶；我也要穿红，红得不能再红的红。到那个时候，我知道，我一定比现在还要美，还要妖。

为什么不呢？如果，如果自己喜欢。

浅喜深爱

喜欢一个人，浅浅地喜欢是最美。不需要告诉他。有时，只是欣赏，还不到爱。喜欢听他的声音，喜欢看他的微笑、他颈间小小的痣。还半遮半掩，还欲说还休，还是春天里的二月，还藏着要吐蕊的花苞。这浅浅的喜欢，如饮清茶，淡然而落寂——挑落灯花，满心禅意，是银碗里盛雪的素清，却又听着隔水的云箫，分外缠绵。

还有比喜欢更俏的吗？是俏，也娇了，也羞了。低头婉转的心思，只有秋云知道，大朵大朵向西流着。相思何曾闲？我喜欢你了，听得到空气中传来的翠鸟鸣叫声：喜欢，喜欢！

是雪白的蚕，在暗夜里蠕动，看了惊心——一点点地吐了丝，这样缠了。春阳艳艳之日，一个人跑到开满樱花的院子里看梧桐。那些梧桐真是美。樱花是为它开得这样灿烂吗？喜欢一个人，就剩下一颗简单的心了。其实，心里开满了桃花。只能是桃花。这样艳，这样的粉，只有自己知道。这桃花带了满身的巫气。虽然是巫气，可不染尘埃。只觉得日子好长，端坐着，心里还是他；走到大街上，心里也是他。胡兰成写刚刚迷上张爱玲，从她那里出来，去朋友家串门，看到灯下朋友们在打麻将，他看了一会儿，只觉得灯明晃晃的，朋友们说了什么，他不知道，于是走出来，在春夜里，一个人，继续想她。

这真是喜欢了。

放不下了，费心思了，明亮亮地喜欢，小虫子一样，在心里蠕动着。喜欢多好啊，如春潮在涨，一直往上涨，彻底崩溃那天，索性赖了皮——我爱你！到底说了，浅浅地喜欢变成了爱。

爱就互动了，你来我往。爱有抱怨，有纠缠；喜欢没有。喜欢是暗自芬芳，是四月里初绿的芽和粉嫩的花；爱是五月天、七月雨、风雷雨电，从丽日晴天到天昏地暗，也许只一个刹那——人生都这样快，何况爱？

如果爱，请深爱。

不游戏，不江湖，把你当心最里面的那个人，轻易不提你。我可以和全世界所有人开玩笑，只是与你这样紧张：别人提及你的名字，这厢已经崩溃，手脚冰凉；与别人发短信三言两语就玩笑起来，与你，却是字字千金，桃花万里冰河，动一下，便是心里的桃花、心里的疼。哪一个字都紧张——这样地发紧，一点儿也不放松，一点儿也不江湖。

是深爱了。因为有了放纵，居然会这样想念一个人，不是发了疯是什么？原本，是矜持的女子，忽然有一日就问了又问：你到底爱我多少？爱，多少是个多？多少是个少？爱情哪里能够度量？小女生玩的把戏也敢玩，小女生不敢穿的衣服也敢穿，好像一只夏日的蝉，拼命地叫啊叫啊，只为这一季？也是，人生能有多少时日可以是真心？

是真爱了，是放不下了。陕北的小曲儿怎么唱？“想你想得没缝缝”“哥哥想妹想得瘦，喝碗香油也不长肉”。是长不了肉——醒着是她，梦着是她，生生是把人惆怅死了。这样的爱，原来是百转柔肠，思君如流水，何有穷已时！

她也这样相思了——“他生莫作有情痴，人间无地著相思”。情痴也只是这热恋的三几时吧，有谁一辈子是情痴？有人说恋爱中的男女不过是着了魔，魔走了，爱就走了，但此时此刻，刘巧儿唱得好，“自那日看见他我心里就放不下呀！”

放不下就是爱了，忘不了也是爱。爱情最怕什么？应该最怕时间。时间可以检验爱情。爱着的时候都说一辈子，总还嫌不够，于是对天盟誓，于是海枯石烂，但如何抵挡它如花美眷、似水流年？

转眼就会平淡。

甚至忘记他的长相、他的声音，甚至忘记他的名字。

如果过二十年，还能口口声声说爱一个人，只爱她，无限的爱，我这才相信，那是真爱。

更是深爱。

浅喜深爱，如果我选择，我选择喜欢。因为喜欢更长久，更绵延，更适合一个人暗自留恋，不张扬，不对抗，只是默默在一边。它不够彻底，不够过瘾，但如果和时光抗衡，它一定是化骨绵掌。这千山万里路，只有喜欢，只有喜欢可以浩浩荡荡地走下去呀。

老

老真可怕。比死可怕。

世上有两种事情不可推托，来了就是来了：一是爱情；二是老。没有人不怕老，男人、女人都怕。怕老的人爱照镜子。张国荣最怕，所以，他飞下去——他也敢飞，能飞下去做一只蝴蝶的男人就只有他。

她比他大两岁，就永远有理由说，你比我大，你要让着我。年龄真是个致命伤，永远永远比人家大，终生如此。每次吵架，这是最要命的理由。所以，女人不要找比自己小的男子——危险会越来越大，特别是到中年，他是最好年纪，而她已经珠黄，连眼神都泄露秘密。人家问及年龄，总是说让人猜。其实猜与不猜都一样，还能如何年轻？倒是周慧敏，真不像四十岁的女人，总像个女孩子，最近出来拍广告，依然玉貌朱颜。

女人最恨老，恨到没有办法，买衣服专拣看着小几岁的：蕾丝花边、白衬衣……不过是少女时的一个梦，变了形地演绎着青春。镜子里穿上幼稚衣服的女子是显得小了，然而一天尽了，妆散了，衣脱了，只剩下没涂粉底的一张素脸，兀自地就呆了——自那镜中看那遥远的影子，不再婀娜。这一秒照看，也许下一秒就更老了？怎会就有了皱纹呢？翻看从前照片，是土气，还梳着小辫子，可是，可是脸是嫩的、是涩的、是青春的啊！越是土气，那逼仄的青春越是一步步凛然而来，即使是穿着母亲做的棉袄，仍然是那样霸道！

到底是不敌时间的枪，一下下，打中了软肋。

男人也一样，怕头发少了，总是抱怨——昨天枕上又掉了一层。曾经爱和女人缠绵，没完没了，双枪陆文龙，如今不行了，力不从心了，总是说抱歉，还小心地说：要不，吃点儿人参？

那只是身体的老。

精神更恐。

到底是老了，提起旧人，居然记不起：她叫素兰，还是玉兰？好像记得她有一串紫珍珠项链。不，那是一个叫荷的女子戴的？发还未银灰，心全灰了，灰扑扑，仍然不肯认老。到歌厅里比拼，也说喜欢周杰伦，但到底是力不从心。那些歌词，什么呀！《青花瓷》还行，有古韵，有小女子穿着露脐装——多看一眼，腰真是细，软软的一把。她年轻时也细过，但现在老了，有褶子和肚腩。如果自己女儿穿成这样，断然不允许。

老，还表现在眼神上。

不专注了，不羞涩了，没皮没脸了。如一碗炸油条的油，一遍遍地炸过，都是风尘气。油条是他，她是那碗老油，都老了。老油条没激情，咬起来硬，没有嚼性，眼神也风干了。怀了三分的毒、七分的无所谓，兵来将挡，水来土掩了，管她是谁，我就这样没激情了。众人皆醉我独醒，总是醒着，把自己醒成麻木的尸。

不心动了。从前若是见着个小花小草也吟诗作文，更不用说遇到爱情。但现在，眼里没有春夏秋冬，俱是这烟尘的日子——今天赚了多少，找谁可以上升一级，孩子上哪个学校最好，哪个部有个同学的同学当了局长……也有一日，遇到心仪女子，也真是心仪，和年轻时想的人儿是一样的，但是酒醉时说过几句酒醉的话，天亮就完了。一定要完，心老了，力不从心了。但衣服要挺括，是穿给大众看的脸面。他把所有的激情耗干了，只耗成一把老骨——自己知道有多老。

最怕老态龙钟还指点江山，坐太师椅上说，从前，我们呀——你们什么呀你们！谁肯听？你们已经老了。

所以，如果老了，不要老羞成怒，不要老气横秋，不要老奸巨猾，不要老生常谈，就一个人安静地老去。不懂不要紧，可以不说；不喜欢不要紧，可以不要；不知道自己老也可以，照照镜子。

老了就老了，当老小孩、老不自重，都可以，只要别不服老。你以为你还年少春衫十七八？太阳落下去了，明天又起来，但这早晨不会是你的了，你得承认。所以，如果我老了，我就装装疯、卖卖傻，傻笑、傻唱、傻发呆。谁叫我老了呢！我才不深沉得跟真老了似的——我就老不自重！

俗世妙人

二十四小时中，有二十三小时我们生活在世俗中。

俗世，是这样鲜活，喜、怒、哀、乐……微小的嫉妒，怒放的喜悦，暗生的情愫。那街上流动的暗香，菜市场上的杂乱与生动。争吵、解释……所有的，都世俗着。

世俗是最生动的风景画。

当世俗妙人，是趣味之事。

古代有二人最妙。

一是张岱。明人张岱，在国破山河中，存一粒妙心，用以悟天下，悟光阴。

因为曾为富家公子，便更懂得玩味人生之美，世俗之妙。《陶庵梦忆》《西湖梦寻》《夜航船》是绝代名著美品，他本人活成一个博物馆，穷尽一生，追不上他的一个角落。

张岱自称："少为纨绔子弟，极爱繁华。好精舍，好美婢，好娈童，好鲜衣，好美食，好骏马，好华灯，好烟火，好梨园，好鼓吹，好古董，好花鸟，兼以茶淫橘虐，书蠹诗魔。"（《自为墓志铭》）这样的绝世妙人，哪里去寻去找？不易。

天地空明，他却读懂其中之喜之悦。俗世之滥俗他岂能不知？却在其中探寻到一枝灵逸之花，让它开得又美又妖。

袁宏道说："世人但有殊癖，终身不易，便是名士。"

张岱便是这样的名士。

有癖，有疵，有深情，有真气，有与众不同的个性，有傲世刺世的锋芒。众人都醉独他醒，天地醒了，他却醉着。

鲜花着锦，烈火烹油。他都看尽，他把生活过成明代小品。把日子点亮得透着妖娆绿光。江山数峰青，张岱心中，没有了日没有了月，没有明代也没有清朝，他有的，是自己那一缕缕可亲可怀的好时光。那一寸寸，都数得过来。

真实的贾宝玉，就是张岱。他的红楼里，到处是艳影霓声，只引得人们在快雪初晴日，盼望有这样一个妙人，喝杯老茶也好。

另一古人便是李渔。

在保利剧院看关锦鹏导演的《怜相伴》。一刹那觉得李渔真是个妙人，他在四百年后与热爱生活的人相遇相逢相知。

《无声戏》《闲情偶寄》……所住之地叫芥子园。画者谁人不知芥子园？这是雅集，写出《肉蒲团》者也是他。同性之恋在四百年后仍然是禁忌，四百年前，他已惊情，写下《怜相伴》。

林语堂在谈到《闲情偶寄》这本书时说："李笠翁的著作中，有一个重要部分，是专门研究生活乐趣，是中国人生活艺术的袖珍指南，从住室与庭院、室内装饰、界壁分隔到妇女梳妆、美容、烹调的艺术和美食的系列。富人穷人寻求乐趣的方法，一年四季消愁解闷的途径、性生活的节制、疾病的防治……"

李渔曾在芥子园戏台上题有楹联曰："休萦俗事催霜鬓；且制新歌付雪儿。"雪儿便是他所爱女子乔姬的爱称。每逢年节生辰喜日，赏花玩月之时，或宾朋兴会之际，必在园中演剧为乐，家里的戏班还四处去演出，自己家印"畅销书"。李渔，较之张岱，除了享受生活之声色犬马之外，更多了几分世俗里对金钱的追求，于是，更加妙哉。

开始他只是男人们的谈资，后来却为更多的女人所热爱。

林语堂的生活态度，受这两个人影响较深。所以，出世入世之哲学，玩味于掌上。近代作家中，林语堂可算一个妙人。

画家中，最喜欢八大山人。

那闲闲几笔把他的个性一展无余。以少胜多，大面积留白，那卧鸭孤鱼，都是独自。连那梅，都骨骼极清，清寂极了。如果不是悟透生活之本，能有这仙来之笔？

近代，丰子恺。小画一张张，画出的却是人间烟火气。他笔下，全是这俗世中的画面，正因为太过于熟悉，我们觉得亲切，仿佛可抚摩、可接近、可模仿——那画中择新韭的女子仿佛是自己，那醉了酒和朋友聊天的也可能是自己，那树下站着发呆赏花的也可能是自己……丰子恺活得妙在懂得了生活，他画生活，但比生活之味更妙。

而他的老师，绝非俗世妙人。一介苦僧，清灯独坐。悲欣交集。内心孤绝如山如海——相比较而言，更喜欢丰子恺，一生遍尝人生各种滋味，仍然喜悦地画着，美妙而生动地活出自己的阔绿千红。

黄永玉、齐白石，起点不高，一个雕刻匠，一个小木匠，终成一代宗师。他们热爱生活中之通俗的一点一滴，一朵花、一尾虾……看出其中妙媚之处。融于笔端，画于纸上，成为千古佳画。

书法喜欢启功老人的。因为那字有俗世里不俗的妙处。伸展得极舒，笔力却又脱俗——初看俗，越看越不俗，这是这些俗世妙人们的好。一眼看上去凌厉奇骨的，一定和生活较着真，最后两败俱伤。

许是年长了，慢慢地喜欢着这些俗世里的东西——那纷杂的街市声、那怒放的花、凋败的树叶、风声、雨声、颜料的味道、爆火里的菜肴、美食、鲜衣、旧友、书信……都有动人的姿势诱着我。

把心中的百转千回和百指柔，轻轻一拈，可成花，成字，成画……其实，俗世里的妙人要慢慢修炼。只要在生活里成了精，读书、写字、画画、听戏、品茶，上好的生活，不过是简单地爱一个人，过着一天好似一天的生活。而这最妙之处就是：这个人，他微笑着看着你，从心里，懂得你。

懂得

看杨惠珊和张毅夫妻的访谈，一个是金马奖影后，一个是著名导演，因了琉璃，忽然收手江湖，自此布衣裙衩。五年艰辛，烧毁无数玻璃，成吨的残废碎渣堆在脚下，两个人说好谁也不抱怨，负债最厉害的时候，已经过亿……主持人问杨，你为什么喜欢他？杨转过脸，拉住张的手，因为，他懂得我。

眼睛一下子就湿了。

这懂得，是利箭，可以一下子钻到人心里；这懂得，是暮春的风，可以吹绿人的魂；这懂得，是挑落灯花时的寂寞与哀愁，隔了云水与箫声，还是这样的深深浅浅的让人惆怅呀。

还有比懂得更慈悲的事情吗？

爱和喜欢，也许激情的成分占了大半，可是，懂得却只是灵魂，不分男，不分女，没有老，没有少，只一个眼神，所有春分秋水里的款款情意，全都读得懂。即使知道她错得翻江倒海，还是一意孤行地鼓励她，你去爱吧，因为，爱，不能等。

懂得还是杏花春雨里那场落花，落花的懂，看花的也懂。前两天看李军唱梅，有句话特别打动人：“我哪夜都不曾忘记与你的惊缠绵。”要什么样的缠绵才能惊？一定要懂得在里面。看一眼，只需看一眼，一切已经明了。

爱听《空城计》那段老生唱段，最喜欢最后一句：“我面前少个知音的人……”时光轮回如晓箭，嗍就过去了小半生，谁是那个知音的人？杨惠珊找到了，两个人从盛名之下退出，创造出琉璃世界，完成自己的华丽转身……杨是幸福的，一生被这样的懂得欣赏着，宠爱着。两个人既是夫妻又是知音，每次看到他们都会觉得，人世间最美好的爱情，就是这样子的。

还有冯远征和梁丹妮。

他爱上她，而她长他四岁，所有人全反对，冯远征去征询意见，说：“我看她懂你，挺合适。”这句话起了关键作用。后来他红透半遍天，而梁一直不温不火，甚至看上去也真是老，在同一部片子里，她总是演他的妈——女人老得可真是快。但是，他总是那么细腻地照顾着她，简直是无微不至，一点也不避别人。在片场，因为太热，他给她买了小冰箱，里面常常放着他的绿豆汤；她喜欢小肥皂，他就买来在世界各地能买来的小肥皂……这样的懂得，死亦足矣！

丰子恺懂得李叔同，所以，有生死之约，一个写，一个画，画一整套护生画集，后来李叔同仙逝，剩下的一个，继续画。

汪曾祺懂得沈从文，在行军过程中，只带了沈从文的书；二十岁那年，为沈从文报考西南联大中文系，只想听这个人说话；沈从文死后，汪曾祺围着老师看一眼，再看一眼，然后，哭了。

张爱玲写给胡兰成的定情之话是，因为懂得，所以慈悲——懂得才是山穷水尽时，突然的柳暗花明，懂得才是，那根寂寞之骨有人欣赏有人知。懂得你的人，比爱你的人更重。人都有一份孤独，再繁华热闹，有一颗冷心观红尘，而他，一眼洞穿你的清寂你的凉，一眼明白这世间所有繁华不过是你和他身边的过眼云烟。他会在众人之间一眼看到你，然后读懂你，明白你，不是爱情，胜似爱情。

洛阳春索寂寞，牡丹拒繁华。只有懂得，才看朱成碧；只有懂得，才会明白孔子认同曾点。点答：“暮春者，春服既成，冠者五六人，童子六七人，浴乎沂，风乎舞雩，咏而归。”孔子叹息一声：“吾与点也。”琅琅人生，有一个人懂得，赏心两三枝，何须更多？

亦慈亦让的人生，其实荆棘遍地，每个人都盼着，渴望着，这个世界上有人懂得他，看得到他心里房间有一处黑暗！

寻找一个人

我在重看《苏州河》，看到非常悲怆，毫无疑问的小众电影，一部关于寻找与追问的电影。玫瑰问马达：如果我有一天走了你会找我吗？马达说，会啊。

会一直找吗？

会。

会一直找到死吗？

会。

撒谎。

……

谁会一直找一个人呢？找到死？后来，周迅演过很多电影，除了《李米的猜想》，我再也没有看到过比《苏州河》更让人感到绝望的电影。

寻找一个人，这是爱情中最迷惘的境界。不停地找呀找，不允许你丢掉。山南海北，年华老去，仍然在寻找，像在寻找一生的一个谜底。也只有年轻的时候吧，才会那样痴地去爱一个人，不停地寻找寻找。哪怕她再坏再烂，也要她……真是呀。

她年轻的时候，迷恋那个吉他手，跟着人私奔，为了他去和别人睡觉，挣了钱让他喝咖啡写曲子。后来，他终于成名了，抛弃她如敝屣……而她却并不抱怨，仍然一路追随着他，他到哪里，她就到哪里，却并不骚扰人家，一个人躲在角落里看他，直到人老珠黄。如此跟定一个人，也算是傻到痴……

都言张爱玲爱情故事酸楚，其实她姑姑张茂渊的爱情更惨痛。等了一个男人六十年，从少女等待到白头，换得十多年的相守……

还有那身边疯了的女子，总是头戴着花，满街游走，喊着一个人的名字……终生都在喊，喊了一辈子。这样的寻找，真是疼到心窝窝里——春水长呀。《东邪西毒》中说，当你不能再拥有的时候，唯一可以做的，就是让自己不要忘记。

这样的痴傻，长到绵绵无绝期。也真能坚持，坚持到疯。如此寻找，让我看到她时，总浮上一层油似的心酸，冷下去，僵住了……这人生，刹那间的欢颜怎可换来了这一生的浮生若梦。为欢几何，绵绵的风华换成这样的痴与傻？她言道：“我会一直找荣哥，他说了要来娶我。”也许人生真如张茂渊所说，人生是块褪了色的凤冠霞帔，其实没有多少意义。

有多少烈火烹油鲜花着锦就有多少的满目荒愁。天地间，男欢女爱实在是渺茫的一件事情。我曾说爱情于生活而言无限轻微，而雷曾经说，爱情于天地茫茫而言，实在是小。

可多少人低下头寻找，再也出不来……一生都出不来。我爸爸天天守着母亲，母亲离开几分钟，他就会喊我母亲：“梅，梅……”这样温暖妥帖的寻找，是寻常的家常与温暖。如全麦面包，吃了不会长胖，营养足够，没有那些糖，不会甜到发腻。那些低调的寻找其实在很多夫妻间，默默无闻地把时间肢解掉，并不觉得度日如年。只觉得这如花美眷的光阴过得似箭一样，嗖嗖地发着冷响。寻找，有的时候就是这样，一声声唤着老妻的小名，同煮一锅粥，就着咸香的小菜，计算着下顿饭要包几种馅的饺子……即使她在身边，仍然寻找。离不了，仿佛她是自己的一个器官。这样的婚姻，早就过成了铜墙铁壁。

周迅本人也具有一种天生敏感而脆弱的特质，仿佛灵性天然。让她来演玫瑰和李米是恰如其分的。相比较别的女演员，她更适合演这类略带神经质的角色——抓狂、痴情、歇斯底里……可以为爱生为爱死，我看到她穿着一身白衣在风里抽烟的照片，眼神空渺，一副被爱情伤到了神经的样子。很沉沦，又很茫然。

也许我们终其一生找的只是自己，与自己相关的人或爱情。但最终要找的是那个永远在身边的自己——时间无涯，昨天还小试新春朱颜粉面，今日就疏卷了心思开始一根根清理白发。我和她坐在小店里，她要我一根根拔掉她初长的白发。我说，拔不过来了，忒多了。她恶狠狠地说，必须拔。

我拔了。她留着，捏了一小把，触目惊心地白着。我们都在寻找着自己，用自己一意孤行的神经，寻找着属于精神世界的花儿——又自然又野生。它们自在地开着，田野清闲的心，饱满生动丰盈着，在年轻的时候，总以为一切会有答案。渐老以后，才发现，人生要那么多答案干什么？！无用呀无用。寻找一个人，寻找自己，在江湖里慢慢沉下去。人就是江湖，就是一个不断寻找自己的江湖。

那个人会是谁

《小团圆》炒得很热闹。

据说是张爱玲的遗作。我不相信。以张爱玲的性格，会清理干净所有一切才能离去。我一直觉得她是自杀——安静地躺在地毯上，等待死亡的降临。

她有遗作？

我觉得不会，以她的个性，注定不会遗留任何问题。她和胡兰成分手后最讨厌提及过去，也不让别人提，别人提了，她立刻和那人分手，不论是多少年的朋友——朱西宁就是个例子。朱西宁和胡兰成热络之后，张爱玲再也不和朱西宁来往。

所以，网上热议《小团圆》时，我冷眼旁观，以绝对否定的态度否定了这件事。

她怎么会以自己的情事来写作？她这样冷艳孤寒的人，生怕别人说起，还自己说？最没钱、最寂寞时，她宁肯翻译《海上花列传》，也不会写自己情史。

接到西岭雪短信时，我正看《小团圆》那段色情描写。张爱玲从来没有写过这样的色情。她说看到这样的色情描写非常难过："我坚决不信那是原作。"

我也不信。

能相信如此低调、冷温的人会这样留下什么遗作吗？而且大写情事？特别是色情描写，简直不厌其烦？如果在死时可以把自己的所有秘密，或者一生的珍宝交出去，那个人会是谁？

或许珍宝可以交给子女。但张爱玲没有子女，所以交给一生的好友宋淇。她并不知道，正是宋淇之子宋以郎和平鑫涛联合出版了《小团圆》。真的是她的《小团圆》吗？这样的遗作让我疑惑终生。因为死无对证，以张爱玲的处世方式，她会写明这样的遗作如何处置，最有可能是自己亲手烧毁它。

我们可以相信谁？

把秘密打包给她，然后她真的可以守口如瓶？

真的有这个人吗？

那个人会是谁？

围绕在身边的人很多，起起落落，特别是当一个人拥有了一定的声誉之后。但是，谁能担当这个任务，把你的秘密，或者你将完未完的事情继续下去？

没有人。

几乎是不可信的。把希望寄托在别人身上，想想就胆战。被改变的可能性极大，不会原封不动，不会把你的思路继续。极有可能被扩大化，被歪曲，被革命，被大而化小，小而化了；或者相反，被扭曲到变形。

《小团圆》的被炒作让我替张爱玲难过。

这才叫死不安宁。

虽然她远远地躲开人群，虽然在晚年她几乎把自己隔绝成了一个孤岛，可是，她仍然没有躲开被追逐，从那个叫水晶的粉丝，到拾她丝袜的女子。即使是我，还千里万里跑到上海寻她的故居，找她住过的那个房子。

但她没有逃开。

她最明白人到底是怎么回事。“沾着人就沾着了脏”，这句话读起来冰冻三尺，绝对不是受过一小点儿伤就能写出的。她怕沾着这脏，所以，在她的文字中，我吸到了幼兽的味道

——小心翼翼，却又虎视眈眈，不心甘，却又心凉。

我们可以依靠的精神上的那个人到底是谁？与性别无关，与年龄无关，与时间无关。我听到最动人的一句情话是一个五十岁的

男人对他的恋人说的："你埋哪儿，我埋哪儿。"可是，这只是爱情，与精神关系甚微。我也看过丰子恺为了信守他和李叔同的约定，而一直坚持画《护生画集》，一直画到生命终了。这样的知己，也许可以担当精神的支撑。李叔同死后所得，甚至比生时还隆重盛大。他有幸，遇到丰子恺，至少，比张爱玲要幸运吧。

也许张爱玲真有遗作。也许《小团圆》真是出自她手，但她愿意出版吗？她还是更愿意它沉默于时间之外……她所有的文字，几乎未提及胡兰成半个字。而胡这个人，连篇累牍地在说爱玲、爱玲、爱玲，不厌其烦，然后招来后人一片艳羡，被拍成电视剧——张爱玲如果不死，看到电视剧也会被气死。这是她最厌恶的方式。

那个让我们心灵和精神安静的人会是谁？

能是谁？

一切如此不可靠，连时间全是不可靠的。最好的方式是在有生之年，把一切如西风卷残云一样，把它们都烧得片甲不留，连灰烬都没有——想想就快意。我的女友，她镇定而凛冽地烧着过去的信和照片；我的一个男友，把过去写的信和日记在电脑中全部清空了——他说，从此，他是一个没有秘密的人了。我敬佩甚至嫉妒这样的人，一意孤绝地想把过去毁灭掉。也真舍得，也真舍得呀。

我还留恋着，还舍不得。人生多么稀薄，那些过去曾经如此丰厚，让人多么恋恋不舍……但一切终将过去，一切终会过去……那个人不会有，你必须独自承担这一切。

无人懂得也好——最寂寞的芬芳，有时候更是销骨蚀魂。

不是吗？不是吗？

第三章 _

一味缱绻色

所有的人都不会只爱一次，那是神话中才有的事情。

所以，我们会离散，一场，又一场。

烟花烧

喜欢“烟花”二字，空灵而寂灭。因为刹那，就分外多了一层吸引。短暂而美丽的东西有一种剧毒似的瘾，比如烟花，比如爱情。

烟花烧起来什么样——2010年的最后一天，午夜，我在飞机上。一个小飞机上，仅能装五个人的小飞机，飞越太平洋的上空，下面是黑黝黝的太平洋。

忽然看到了烟花。在太平洋两岸的烟花，像一朵朵绚丽的花朵，那么亮、那么蓝地绽放。

就这样跨过了2010年。

午夜钟声响起的时候，驾驶飞机的美国男人说“新年快乐”，他一边嚼着口香糖，一边唱着英文歌。而我看着两岸烟火和身下黑不见底的太平洋，心里一阵说不出的悸动与心酸……这世间，有谁真正了解对方的伤痛和难过呢？即使爱情，都显得那么微薄。可以抵挡多少寒流呢？友情和爱情都是用来短暂取暖的，唯有这一片片的烟花烧起来，知道你怎样的疼过，爱过，落寞过。

喜欢临近过年的感觉，像一个人在热恋着另一个人，两个人为新婚做着准备。除夕是新婚，一下子就有失重的感觉，那种渴望呀盼望呀突然到了最高点……

到了最高点，就开始下降了。

若有所失。

满城烟花燃放得多么繁华，独自站在窗前，发着呆。明天早晨，一地碎屑——残余的爆竹偶尔响一声。清冷的早晨，是穿着新衣脸上带着疲倦颜色的人们，昨夜的狂欢过去了。恰如一场烟花烧，恰如一场最热烈的爱情，最灿烂的，不知不觉，悄然过去。

有一种酒，很烈，也叫“烟花烧”。不知怎么起了这么烈艳的名字，那三个字分外醒目，烫人的眼。一口下去，有种莽撞的疼。离开它多年，舌上落落寡欢。劣质酒，有一种放纵的刺激，像初恋，一切还不懂，所以，才敢说生生死死的话，才两个人吵了架之后，连活都不想活了。

其实，哪有什么生生死死呢？多年后，平淡地走在街上，看着烟花那样寂了灭、灭了寂，风吹起粉艳艳的风衣，心底里却还是安静的。做了外艳内凉的人，再也不挣扎，自己内心的烟花烧，也过去了，过去了……

被烟花烧过的人，心里是安静的，凛冽的，清宁的。

看过陈丹青的故事，他说，1974年，下放的知青可以陆续回到离家近的地方。幸运的是，自己终于可以在一个他所在大队企业办的骨灰盒厂画画，其工作就是在骨灰盒空白处画青松、白鹤、夕阳、落日、兰花。他还记得从1975年到1976年一整年内，他大概共画了六百多个骨灰盒。但从没有工资，只记工分……我不知道他当时是怎样的心情，那一棵棵青松，那一只只白鹤，那一轮轮夕阳、落日和一枝枝兰花，一定知道他是有多么寂寞的。多年之后，他一定感谢那段画骨灰盒的时间，那属于他一个人的时间！他没有茫然，没有从属于任何动荡所需要的脆弱，而是坚持，坚持。

正像后来他自己所说：“在动荡的生活中，我只有一件事自己规划，并且从没动摇过——我一定要画画，我喜欢油画。我现在只能告诉大家一点：真正支撑我们，磨炼我们，帮我们渡过那个难关的，不被历史淘汰，能够庆幸地当了我们想要当的人，很重要的一点是要学会面对挫折，面对磨难。”

也许人生就是一场短暂而茫然的烟花烧——哪有那么多的欢悦和感激呢？多数时候，一分一秒度着这无奈的光阴。真实的人生，是一笔笔画着骨灰盒中的落日，是活着，是用日常的庸俗战胜内心的庸俗。

活着，是一种和自己的较量，与时间的较量。文字是武器，是出口。

或许打败了，或许根本找不到出口——也许人生是一条永远走到黑的隧道，也许光明和温暖始终那么少。

我拿起它们，铺洒在纸上，仿佛一个挥金如土的人。我知道，很多时候，它们赐给我的时间是有限的——有一天，它们收回去的时候，我将讷言，寡欢。我将收起所有的过往，在一棵法桐树下发着呆，想想前尘旧事。想想，那些烟花烧的日子，想想也如烟花一样，绽放过，疼过，爱过，欢喜过，不负过。

足矣。

开到荼蘼花事了

我之前并不知道荼蘼是一种花，只觉得“荼蘼”这两个字分外生香，叫起来都有一种韵律的美，让人心猿意马。

我还喜欢一些另类的词：裂帛、豆蔻、玲珑、薄凉、风日洒然……这些词都这样另类着，动人着，惆怅着。看亦舒的小说，有一本名叫《开到荼蘼》，我想，什么花要开到荼蘼呢？

后来才知，荼蘼居然是一种花——艳丽，壮观，白，而且大；秋天的最后，才是青稃红萼，一片惊艳。

它挣扎着开，最后的光芒，开到花事了，这样让人感觉到努力。我喜欢这怒放，哪怕只一瞬。如果是爱情呢？爱情如荼，也开过一季，挣扎过一季呢？

佛见笑、独步春，这两个名字也美，其实是荼蘼的别称。如合欢树又叫马樱花，我初次知道时，真真是心惊了。张贤亮早年小说的“绿化树”，我一直不明白指的是什么，后来才知，原来也是指合欢树。三个名字，都这样动人，如同佛见笑、独步春。

《红楼梦·寿怡红群芳开夜宴》里麝月掷了一个签“开到荼蘼花事了”，是离别的不吉之兆，宝玉忙给她藏了起来。可是这个荼蘼也不过是一种白色的蔷薇状的小花……还记得《红楼梦》中有这样的联谣“吟成豆蔻诗犹艳，睡足荼蘼梦亦香”。这是对荼蘼的赞许——梦都是香的，一点一滴，润了年少的青衫——我喜欢这浓烈的香。荼蘼就有浓烈的香，一点儿也不温润，一点儿也不中庸，奔放地开着、香着。

就像爱一个人，拼了一生的花香为他，不留后路，也没有后路。秋天过后，哪还有花开的季节呢！

总有人问我为什么要写作，而我一直回答不出，就像我回答不出春天为什么会来、花儿为什么会开，就像我回答不出什么是爱、什么是惆怅，而什么是这人生的悲欣交集？

有一天我和一个朋友聊天，他忽然说了一句充满禅机的话：“我和你是一素心花对素心人。”

只这一句，我便全都明白。如果你明白我，我们就是素心花对素心人。

曾看过一个偈子，僧问智门：莲花未出水之前是什么？智门云：莲花。僧又问：出水之后呢？智门答：荷叶。

这一问一答，尽显生活之真、生活之禅。

就像我喜欢在微雨的黄昏里，一个人喜悦着漫步，有淡淡的清愁，看蝉在晚秋中叫着，看微黄的叶子轻轻飘坠。这欢喜的秋天，并不觉得冷，只因心里有小小的暖。我似这秋蝉，有过一季，已经很好了，何须更多？

著名诗人叶芝说，他可以枯萎地进入真理。这样地进入，多么生动，多么深刻！枯萎是一种凋零的美，就像晚年的杜拉斯。我喜欢她脸上生动的皱纹，喜欢她快掉光了的头发和牙齿。她矮小的身材，穿着臃肿的棉衣，抽着烟，在马路上，依然那样旷世，依然那样绝无仅有。她，多么像一朵荼蘼花！

我喜欢荼蘼的率性而偏执，就像我的孤独是从小时候开始的。那时候我总喜欢在教堂附近游荡。暮色苍茫，我心里有太多不确定——对夕阳的颜色，对小城的炊烟，或者对教堂传来的颂诗声，这不确定总能让我刹那间绝望起来。

又让我刹那间喜欢自己的孤寂。

我绝望到蹲到地上数蚂蚁，或者在城墙上听孤独人吹箫。

那时我喜欢穿白衬衣和粗麻的裙子，非常旧，可是，非常温暖。

小时候，我喜欢一个人爬上家乡的老城墙，独上高楼，寂寞孤高。那时，我不过才十三四岁，喜欢看卡尔维诺，还喜欢一个人绕着古老的教堂听颂诗的声音。夜色降临，不感觉到恐怖，却只感觉那种薄凉的唯美。

大了一些，我喜欢一个人乘火车独行，到远方，甚至更远的地方。我喜欢陌生，喜欢在异乡的街头做一个闲情逸致的女子，一颗蒙尘的心湿润起来；我喜爱这黄昏的雨，仅仅能把发梢打湿的雨；我喜爱空气中传来的八月桂花香、街上奔跑的孩子、卖菜的小贩、急着回家的夫妻、卖报女子抬头望天的寂寞神情……我喜爱，这市井的烟火，这凡俗的热闹，如同喜爱半夜里忽然听到寂静里远远传来的更声，遥远，亲切，贴心贴肺，让人立刻感觉到尘世的好。这好原来是这样的——在孤寂的时候有孤寂的美，在热闹的时候有热闹的美。

幸好我喜欢上了文字。

文字是我的针，我不断地绣着自己想象中的爱情，也许是绣着很多梦想？小说的底子是一块“喜相逢”的蓝被面，上面绣了大朵艳丽的花儿，绣着缠枝莲，绣着红嘴鸳鸯，绣着艳丽的、薄凉的爱情。那上面的故事始终是凄美的、缠绵的。

这“喜相逢”的被面，也许早晚会旧了，上面的花枯了，缠枝莲不再旖旎。可是，又有什么关系？上面绣的凤凰都会老，因为光阴可以把人心揉碎，何况这灿如烟花一般的爱情呢？

所以，我不厌其烦地唯美，一直到心碎，一直到倦了为止。

杜拉斯曾经有一句话极为震撼："我知道我永远不能把它描写出来，不能让你们看到，永远不能。谁也不能。"

写出来，就碎了、错了。

而没有写出来的那些，一直是一粒种子，它刺着我，让我把它写出来；或者喜悦，或者破碎，反正它一直在那里，看着我，让我在有朝一日，用针把它绣到我的"喜相逢"的被面上。

哪怕，它只是一片就要凋零的薄荷叶。

哪怕，它只是死掉的凤凰，再也飞不起来。

从少年的惨绿，到现在的墨绿，我总以为自己改变了很多。可是，当我骑着脚踏车再次路过少年时经过的教堂，我知道，一切都没有改变，我还是那个喜欢繁花的少年，还是那个看到纤手破开雪白的橙子流露出欢喜的女子，就像我贪恋着那一去不回的少年时光，贪恋着穿过落满樱花的小街上，期待有一个剑眉星目的少年在等待我。那心中或素白或粉红的梦想，在我心中，从未改变。

是那个拿着一根针绣"喜相逢"被面的女子，是那个在早春暮色里骑着脚踏车的白衣少年，在稍纵即逝的青春里，把一枝荼蘼，开到了彻底。

孤独至死

下雪了，一直下着。白天下到了晚上，中午，一个男人就扣电话嚷嚷：下雪了，别在家里窝着了，都出动吧。

我们冒着雪出来，凑在一个小饭店里吃火锅，三女两男，两个小说家，两个诗人，一个散文家。一边吃一边慨叹，活着多好啊，有火锅吃，有雪景看，还有三两知己谈爱情。

吃过饭，去唱歌。离火锅店三百米有KTV，我们喝得有了醉意了，人人成了麦霸，抢着唱。诗人姐姐唱得特别像田震，其他人都业余得没有办法了。“田震”姐姐说，我求求你们了，饶了我吧，我给你们钱行吗？别唱了行吗？这是要人命啊。

求也不行，还唱。

唱足了，去洗脚。

这个城市洗脚的地方多如牛毛，我们总去一家叫“真不同”的，也没有发现有特别地不同，因为洗脚的程序差不多，先泡，再按摩，我们觉得自己无比地腐败。可是姐姐说，这堕落的感觉怎么这么好呢？

天黑了，我们继续游荡在街头，有人提议去白麓原，我们这个城市最雅的一个茶馆，一个既古典又现代的茶馆，一个美丽的女子开的茶馆。

挤在一辆出租车上，暖烘烘的。雪仍然在下，我们尖声叫着，新衣沾上了泥，“田震”仍然在唱着，我们有多热闹，我们就有多寂寞。

要的是普洱，陷在沙发里，听着外面女子弹古筝。窗外，大雪压了红尘，当然，永恒的话题是爱情，永远是爱情。

爱情是什么？现在，爱情就是一场雪，它飘的时候很美，落下来的时候很脏。这是诗人说的。小说家则说，爱情是烧饼上的芝麻，有它呢，香，没它呢，也能吃。

我们又要了酒，二十几瓶科罗娜，异常兴奋。谈古论今，说到范围之广人数之多，让我们觉得自己如此博学，于是我们夸奖我们自己，并且互夸了一番，表扬与自我表扬相结合。

也斗嘴，比如对一个人的看法。

恰巧一个老诗人死去，他从前的恋人去看他，不顾世俗的绯闻。我为她叫好，男人却说，哼，死也不让人安生。

我们吵起来，吵得很厉害，因为爱情永远是说不清的，最后，喝酒。

到底醉了。

醉到每人抄了酒瓶子就开喝，不抽烟的也抽了，做风尘状。我们闹着笑着，根本不像文人的做派。

已经凌晨了，我们出来时，看到满天星光一点点洒在雪上。突然静默了，不说话了，有人开始落泪，有人开始抬头看天。

那个喊我们来看雪的男子说，爱情、金钱、地位、亲情……什么都让我们到死也不放弃？什么让我们如此绝望？

诗人说，孤单，只有孤单。

早晚有一天，我们会孤单至死。

那是一个人的孤单，与满天恣意飞舞的雪花无关。它们只是无心飞舞，而我们一直朝着一个方向，飞着，奔着。

孤单至死，那是一种境界。

毒

有毒的东西总是让人迷恋。

一般情况下，有毒的东西容易让人上瘾，瘾这个东西，最难戒。

比如鸦片。鸦片的迷香那样让人沉醉，林白有小说《一个人的战争》，描写抽了鸦片的感觉，说和飞一样，如被子弹打中。

电影《游园惊梦》，荣兰看着榻上的翠花，泪眼蒙眬地说：“早就想劝你戒烟，可是，烟雾中的你，那么美，叫我怎么劝得出口呢？”荣兰是王祖贤演的，英气妖媚，翠花是宫泽理惠，宛如天人。两个女子，中了爱的毒，就那样缠绵地看着，看到让人心碎。

四月桃花树下，艳粉的桃花，招人疼爱，在微风里轻轻地颤抖着。翠花一转身，看到荣兰穿着戏服出来——良辰美景奈何天，赏心乐事谁家院……

我眼睛有些湿了，这美到极致的东西总是让人心疼的。带着毒的迷惑，毒的芬芳，不喜欢，怎么可能？

有毒的东西当然还有爱情。

爱情是美丽的穿肠毒，诗人大卫有一句诗极美：“我爱你舌尖上小剂量的毒。”我觉得不够完美。既然爱，哪还论剂量？就爱下去吧，哪怕死。爱到极限就是死。汤显祖《牡丹亭》第一场第一句话是：情不知所起，一往情深。

每每看到这句，便是前世今生之感。一往情深，情不知所起！哪里知道所起，就这样喜欢了，每天每天，奔向他，不顾前面是火，宁愿做一只飞蛾。

爱情是蛊，中了蛊之后，无力自拔。

每次中毒，仿佛一场恍恍惚惚的梦，那些片段，如此细碎，如此美。梨园的树影和风、兰州拉面馆、槐树花、北京的大碗茶、京剧、徽州菜馆、杨柳青年画……一切细节生动如初，却已经远离，毒还有，余毒未了，这毒是化骨绵掌，这毒是绵绵春雨，很细很细，却湿地三尺。

听过一句话，触目惊心：“戒一切可以，戒你好难。”戒一个人大概是最难的，她在心里，如影随形，是生根发芽的，是魂不散的，是要人命的惆怅和前生。人最怕什么？最怕邂逅前生，与前生邂逅，其实是与自己的纠缠。

坏女人是有毒的，可男人喜欢，因为她的那一点点坏，足以让男人沉醉。坏男人也是有毒的，我听过的爱情故事，好女人爱上浪子的机会比较多，如果再把他改造过来，那简直是功德圆满。

可是，坏女人虽然于男人有吸引力，于众人而言，是不可忍的。因为一个女人如果引起过分注意是不被允许的。如言慧珠，去看梅兰芳的戏，别人都坐定了，她才会袅袅婷婷地进来，而且曼妙妖娆，于是她挂在千万人的嘴上，在人们的呼与吸之间变成另一种样子。可是，男人们是向往的。记得俞振飞在北京和她拍昆曲电影《游园惊梦》，总和朋友诉苦，说她打扰得他无法睡觉，结果一个月之后，俞振飞给那个朋友打电话说：“你来喝喜酒吧，我要和言慧珠结婚了。”那个朋友的下巴惊愕得差点掉下来。

可见坏女人真的是有毒的。恋爱到一定程度就有了毒性，因为太甜，所以忧伤就会来。人生若只如初见的快乐慢慢地散开，烟火里有了争吵与恶俗，那样的毒，是伤心的毒。

我记得有个朋友和我说过，她说她百毒不侵了；说她兵来将挡，水来土掩了；说她心如止水，情如明镜了。她问我：“好不好？”我头也没抬，喝了一口水说：“那你还活个什么劲儿！”

我的另一个朋友总是前赴后继地爱，失败了，就再爱一次。用她的话说，吻多少只青蛙才能吻到王子，我不着急，我慢慢吻。

她最著名的话是：以毒攻毒。

生死

张爱玲的姑姑曾经说过一句最著名的话：“视睡如生，视生如死。”这句话真好。

生死是大界。谈到死，仿佛应该是人看透了些什么，或者终于明了这生死一界本是人之常情。常常去参加一些葬礼，白花花一片，孝子们戴几千年以来的白孝，腰间捆一麻绳，瓦盆里燃着纸钱，但灵棚外扭着东北秧歌，唱着河北梆子，纸人纸马鲜艳跳跃——我往往惊艳于中国的丧事——一边悲哀着，一边歌唱着。本是丧事，却搞得如火如荼，好像击缶而歌。

但生死究竟是大限。胡兰成的发妻得病，他四处跑去借钱，等借钱回来，看到搭了灵棚，他居然也没有哭。始终没有哭。在《今生今世》里，那段文字写得异常安静，安静得让人十分悲伤。真正的悲伤，其实已经没有眼泪。妻子死了，他没有多余的精力去哭，因为还要去操办各种事项，直到多日后上坟去，看到坟上荒草遍地，终于泪落。

安妮宝贝的《莲花》，看到最后亦是生死大限。纪善生看到一只流浪猫，无言地跟着他，瘦而脏污，乖巧地跟着他。他把它抱在怀里，终于相信，那个与他少年时就灵魂相依的苏内河已经死掉了。在那个刹那，我相信了轮回。生是绮丽，死是肃寂。

所有的哲学未逃离生死宿命话题。哈姆雷特问生还是死，这真是个问题。

死从来不能复生，所以，死就永远成为一个话题，宗教似的迷惘。在《圣经》中，人可以活到九百多岁，活到三四百岁太平常……但终究是死了。我看过孟广禄演的一出戏《审判官》，就是包拯到地狱去审那说了谎的判官。黑森森，也真的是恐怖吓人。但真的地狱谁也没见过，任凭人的想象，死总是黑色。鲁迅的小说写得最真实，一个孩子生下来，有人说这孩子富相，有人说这孩子长大当官，只有一个人说这孩子将来会死。其实说死的是说了实话，但主人骂跑他。死究竟是不吉利的，中国人讲究好死不如赖活着。

最好是四世同堂，寿终正寝，然后子孙趴到灵棚，一大片。丧事叫喜丧，请的唢呐吹得都是《喜洋洋》。我少年时偏爱那西方人的葬礼形式，因为特别洋气而隆重。买束白花，穿了黑衣到墓地，无比的仪式感。但后来偏爱中国的丧事，从摔盆到打幡，都好。人都得经历这两样——可以不繁华、不富贵，可能不轰轰烈烈，可能是个疯子、傻子、花痴，可能一生五花马、千金裘，也可能一生一贫如洗，但是人就难逃生死。

总有这生死。

秦始皇派了五百童男童女去日本寻长生不老之药，尽管有悲欢离合，但生的趣味是这样大，依然舍不得去死，依然对这花花世界无限留恋着，哪怕吃糠咽菜。

我看沈从文在“文革”时期的经历，看到泪湿。他转而研究中国服饰文化，不再写一字有关于文学。他在那些旧丝绸与旧光阴之中留恋，虽然也试图自杀，但生的力量到底强大。

表妹小芹，十八岁那年患尿毒症，家里无钱医治。往家拉的时候她恶狠狠地骂着：“给我治，给我治！”舅舅、舅母眼泪哗哗地掉，到最后，抱住她，她流着眼泪：“爸，我不想死……”她十八岁，长得丑陋，粗壮，没有爱过人，也没有让人爱过，只知道不惜力地干活，但她断断续续地说：“我不想死，不想死……”那究竟是怎样一个黑暗的世界，没有人告诉我们，因为死了就再也不能回来。

黑暗吗？也不确定。又有人说可以转世。于是今生就吃斋念佛，开始修行，为的是有个来世。

但生死终是大限。我奶奶去世时我还小，才上初中。当天只觉得天昏地暗，上不下去课，肚子疼。后来跑回家中，看着镜子中奶奶在天安门前的照片，突然就觉得奶奶好像走下来一样。后来证明我奶奶就是在我回家看她的照片时去世的。那时我们离着百里，我母亲说："一定是奶奶叫你回来的。"

朋友的母亲去世，还是早春，却有蝴蝶乱舞在母亲的棺材前。母亲叫月儿，于是晚上大大的、红红的月亮升起来……他说，怪异极了。

于生死而言，一切都是隔绝的，不可诉说的，所以，我们活得生机盎然，管它生从何来、死往何去。因为，你管，也管不了。

在生死面前，我们脆弱得是一根稻草，无能为力。

艳俗的心

张爱玲说她喜欢听市声，非得听见电车响才睡得着觉。我觉得这句话极其可爱，可爱到了诗意的地步。

一个人，没有烟火的心，不做艳俗的人，怎么可能快乐？

我们每天吟诗作画红袖添香吗？每天不食人间烟火吗？每天陶醉在想象中的爱情中生活吗？当然不。我们每天活色生香地活着，想着红烧鸡翅的好和麻辣粉鱼肠汤的香，还想着丝绸店里那块布，如何做成一条曼妙的裙子？

我承认我有一颗艳俗的心。

俗到愿意和女友满街乱逛，已经买了够多衣服了还要转着小店问人家，这个多少钱，那个多少钱？不停地打价还价。我觉得如果买东西不还价就少了很多趣味，哪怕还下去一块两块，心里也是安慰的。

我的女友和我的理论是一样的，她说，直接就拿钱的，一是智商有问题，二是在表现自己多有钱。这两者，都没有什么劲。

我另一个女友说，我从来都是去燕莎和塞特买衣服，这句话很吓人，也很让人有恐惧感。总之，我觉得她没有烟火气，我更愿意去那些有品位的小店，一件一件去淘衣服，然后去凉皮摊、酸辣粉摊上吃两块钱一碗的凉皮，总之，这是件有趣味的事情，虽然难免被人骂恶俗。

另一个俗的地方表现在吃上。

如果有人问我，想去哪哪吗？我第一句话大抵相同，那里有什么好吃的？我对吃的兴趣之大让很多人不理解，后来我说，如果一个人，连吃这件事情都可以凑合，都觉得没什么意思，那么人生还有什么有意思？至少，温饱才能思淫欲吧。

所以，很多时候我到了一个城市，会满大街找当地的小吃，没有吃过的一定要吃一遍，那种趣味，怕是一生的追求了。

我最俗的一件事情发生在今年春天。

女友问我去看铁岭的二人转不？那可是老赵的故乡，二人转的发源地，我连三秒钟都没有犹豫就说，去，当然去。

坐了一夜火车，到了之后先问出租车司机，铁岭最著名的小吃是什么？我们先要吃最好吃的，然后看最好看的。

中午去郊外吃的炖河鱼，据说绝对纯天然，无污染。四斤的一条大鱼，铁锅炖着，我们居然全吃了。

晚饭去杨麻子吃大饼，有十几种，甜的、咸的、大的、小的，我们最后撑到不能动了，两眼看着对方问：这世界会不会真的有人是撑死的？

她说，即使被撑死，我们也是快乐的。

晚上七点，准时出现在铁岭大剧院，说是大剧院，一进门就乐了，这是我小时候看到过的露天电影院啊！整排的椅子，随便坐。二十块钱一张票，有茶，有瓜子，茶是大茶子，瓜子是一大碟子。

我们索性盘了腿，和大多数人姿势一样，欣赏着那过分夸张的二人转。女友说，咱俩这形象，特别像泼妇。我完全认同，虽然我偶尔也去五星级酒店听听钢琴曲，也去保利剧院看场音乐剧，可是，为什么我觉得不如这最底层的东西生动、妥帖、丝丝入扣呢？

我终于发现原来我有一颗多么艳俗的心。

因为我喜欢早晨的烟雾里，有女子趿拉着鞋起来倒垃圾，喜欢那天真的儿童流着鼻涕哭着找妈，还喜欢妙龄女子羞涩地笑，喜欢市井里那些小贩的吆喝声，薄暮的秋天，我提着满篮子菜，西红柿、茄子、黄瓜，红的红，紫的紫，绿的绿，我便觉得自己是个幸福的女子，穿过街市，我买一块印着凡·高《向日葵》的花布，那上面还有阿尔的太阳，我准备把它铺在家里的小茶几上。

行走在小区里，看到每天坐在轮椅车上的女子，她虽然瘫了，可必定每天打扮得极漂亮，然后坐在轮椅车上晒太阳，她是这样美，美到接近凋零。我们相互微笑，我给了她一个最红的苹果。人和人之间，沟通有时只要一个微笑，灵魂的距离，有时就是这样短。

我快乐地走到黄昏里，觉得所有的快乐我都有份，小区里放着的背景音乐是《蓝色多瑙河》，优美舒畅。有老人在散步，孩子放学回了家，谁家传来了肉炒青椒的味道？谁家的孩子在拉小提琴？风吹过来，拂在我脸上，这颗艳俗的心，分外明亮，那明亮，可以开出一朵花来，低到尘埃中去，一直低，一直低，于是，我看到了我自己。

相忘于江湖

相忘于江湖实在是一种意境。

前几日听得一个人抱怨，说从前的旧友如何如何冷淡，甚至不给他沏一杯龙井茶，也没有和从前一样急切地想留他吃了饭，然后抵足而眠——他和他曾经是大学同学，有共同的爱好与理想，也曾学桃园三结义一样拜了把子，暑假的时候一起骑自行车去北戴河，扒火车去敦煌，这些勾当带着太多青春和流浪的味道，难忘是应该的。

然后时过境迁，一个不久移居大城市，一个仍然在小镇做一般小职员。二十年后，一个天翻地覆，有了几亿身价，每天往来俱是名流，出入是宝马香车，周围是桃红柳绿。而这一个，仍然是一般职员——好像最近提了副科？工资长了有几十？衣服几年没有换，偶尔也奢侈一把买耐克和阿迪达斯，而他还想与这个身价几亿的人论兄弟？

当然不可能。

此一时，彼一时。你以为你还是二十岁时与他喝一瓶红星二锅头的人？错了错了，时光已乘仙鹤去，只留一把苍绿记忆而已。江湖是最让人忘情也最让人忘性的地方，我怕江湖，江湖可以淹没一切。

前几日进京，看到赛特附近有饭店，上面三个字：江湖菜。这三个字，分外不说理，非常任性，有一种霸气。江湖菜！三个字，就这样逼仄而来。我脑中突然跳出杜月笙这个人，我觉得江湖用在他身上非常合适妥当。

所以，我听这个人抱怨，但觉得他不懂江湖道理。月亮还是那个月亮，人永远不可能是那个人了，还寻旧梦，这是水里捞月啊。

亦有明白人，懂得相忘于江湖的快乐。她知道这个城市住着她的旧人，亦有号码，可是不会打过去，她来，不过是感受一下当年的气息。虽然这气息已经一把老绿，看出了几分瘦骨，可那是她的初恋啊。

李安的《卧虎藏龙》里，李慕白说：“江湖就是人心啊。”这句话说得忒好，一下就刺中了最根本。人心岂不就是江湖？别说我人寡意薄，很多人很多事，本来就是时过境迁，一盆隔夜的饭，再怎么热，也不会有当时的香，何况隔了十几年的旧烟尘？

这是我反对同学旧友聚会的根本原因。

江湖动荡，应该油腻的人早就油腻了，始终单纯的人还在单纯着，有了钱的变得势利起来，没钱的无端就自卑，再聚一起，无非两件事：一是回忆曾经青涩犯傻的年代，你曾为我写过半封情书，我曾经偷过你半块橡皮，还有谁谁给语文老师起的外号有多么贴切稳妥；二是看有无合作可能，日后你我共同赚钱升官，相互利用。这就是江湖，一览无余，没有半丝浪费。

他少年时曾暗恋一女子，这并不奇怪。当年谁都曾暗恋，同学少年都很贱。于是费尽周折去寻梦中人，结果发现，她并不如他想象中那样美。做了有钱人的太太，倒依然是有几丝风韵，可是，与年少时的那份梦想怎么差距如此之大？他百思不得其解，倒心疼那几千块的机票钱了，编了借口来寻她，结果却是这样南辕北辙。

都是江湖惹的祸。

一场离散

那天我读一首诗，这首诗很伤感，伤感到近乎绝望——

深夜，我乘火车而来，是为了与你相识相爱再离散。

大概早年谁都曾经爱好过诗。诗具有原始的冲动和原始的美，开始谈恋爱时，怎么抒情？写诗吧！于是，把所有的恋爱变成最简明扼要的文字。几个字一行，自己都看不懂。谁知道要写什么，搞不清楚。

我写诗也是因为恋爱。

暗恋一个围着藏蓝色球衣的男生，每天偷偷跟在他的后边。这种行为，非常小说。可是当年却很疼，是自己知道的那种疼。明明灭灭的路灯下，我跟在人家后面，生怕被发现。他骑车快了慢了，他回头一看的刹那，我的心都要跳出来。

当年这样痴情于一个男生，好多次梦里全是他。我记得他闪亮如贝的牙齿，记得他黑如夜的头发，我还记得他如小马驹一样的长腿……年轻时的爱总是糊涂的，爱一个人需要理由吗？不需要吗？需要吗？不需要吗？我也这样一次次问自己，终于鼓起勇气写了一封信，结果石沉了大海。

于是，我与自己的这场爱恋彻底离散。

这一场离散，让我终于懂得，那些暗恋，多么像一朵早开的花。因为开得太早，所以，提前谢了。在最美的时刻，我们并没有看到。

真正热恋时才知道，爱情，原来是这样的啊。

痴了缠了生气了喜悦了，晚一分钟来就会不高兴，无缘无故就会发脾气，天天在高度兴奋中。爱情成了体力活，心脏跳到难以承受这样的重压了，嗵嗵嗵，全是为他。这个人啊，在心里，在梦里。佳人儿如梦，怎么着也忘不掉了。

不会爱的人也会爱了。她去卫生间，抱怨蚊子多，他说：“哎，那些蚊子全是我的情敌啊。”

他们站在大海边，忽然就跪下了，就海誓山盟了。当然是傻傻地问：“你爱我吗？真爱一辈子吗？”

那样的傻话，只有那时才问。到后来想起，自己都觉得愚蠢。

如果现在，大概会可惜自己的白裤子——那年怎么那么舍得呢？月还是当年的月，心却不是当年的心了。当年西门庆与潘金莲也是真的爱，一个取悦于另一个，娘子长娘子短。而另一个，低头低声微笑斜溜，多少柔媚妖俏。她一声声地唤他，我的俏冤家，粉面上显出红白来……爱情的最初，不发傻不正常。

就像我们总是说潘金莲这不好那不好，可是，潘金莲终究是为爱赴身的女子。而且，掉了头也没有后悔过。

爱情的结局再凄厉，但终究因为爱过而不同。姹紫嫣红有姹紫嫣红的美，但是枯萎凋谢时也是美的。就像一匹缎子，因为旧，那上面曾经绣出的缠枝莲，就更加有了光阴的味道。因而，多了几分慈悲。

不，不怪那场爱恋。

所有的人都不会只爱一次，那是神话中才有的事情。大多数情况下，我们努力吻着的不是青蛙。所以，我们会离散，一场，又一场。

就像《金瓶梅》里，以吹箫起，以弹阮结。不会一样，爱和不爱，怎么会一样呢？在小说的最后，我看到玉楼弹着阮，眼神凄凉。多少夕阳芳草渡，人来人去，不过一场离散而已。

高不可攀的寂寞

有些寂寞，实在高不可攀。

看墨西哥女画家弗里达的一生，与爱情和病痛做斗争的一生，虽然太多行为叫人觉得叛逆，但实在因为太寂寞。谁能理解她的疼痛与孤独？唯有那支画笔吧。

喜欢看她的自画像，那样冷艳，那样寂寥，那样不顾一切的狂妄……饱满的色彩与夸张的服饰，那张模糊的美丽的脸，如此让人惊心动魄的忧伤。是从看弗里达的画开始，认同这种高不可攀的寂寞，只有自己知道。在电影中，弗里达在临终前说：“我希望快些离世，而且，永远不再回来。”

毕加索的名画《拿烟斗的男孩》是世界上最珍贵的油画，1.04亿美元的拍卖价至今仍然是天价。毕加索创作它时只有24岁，那时他刚到法国蒙玛特高地。也许那时他也怀着一腔单纯的热情，也许还有许多纯粹的寂寞，所以，这幅画里少年的寂寞也是那样高不可攀的寂寞。

几乎看到这幅画的第一眼，我就被一种忧伤所侵略。

那是一种更安静、更彻底、更坚决的侵略！高不可攀的寂寞，绵延在这个少年的眼底，有什么比少年的寂寞更寂寞？他的蓝色衣服——这蓝色多么正确、多么恰当、多么惆怅，又多么哀伤——简单的样式，裹住一个稍显单薄的身体，连这单薄都如此完美。

不，不，这一切不足以构成寂寞。

是他的眼神，是他头上的花环，还有他手里的烟斗。

我喜欢他薄薄的嘴唇，有一丝不心甘和不屑。还有他的头发，花冠下的头发，淡淡的棕色，微微的忧伤。如此配合着少年的眼神。

他一只手垂下来，另一只手拿着烟斗。

他为什么不拿别的东西而是拿了一只烟斗？这是油画的哲学意味，这是毕加索个人的魅力。

也只有拿烟斗才能体现出少年的那种无以诉说的孤单吧！

而他的背后，一面粉墙，粉艳艳的花，衬托出他蓝衣的惆怅。在繁华与少年里，有谁可以知道他的寂寞？

这是我最喜欢、最迷恋的一幅画，那么简单，却又那么深邃！那么饱满，却又那么萧索！我终于明白为什么我更迷恋油画，因为它厚重，更抵达内心，更让人觉得这世间的寂寞，有一种，高不可攀。

有朋友，是乡村中学教师。他喜欢阅读与画画，一个人在边远的乡村里，远离繁华与虚荣。有一天，我接到他的短信，他说，喜欢在夜晚听鸟鸣叫，极少和人交往，只和自然对话，大量阅读，回归本身的宁静。喜欢看和听，极少说话——如果有一天失明了或聋了，那就回到内心渺小的光明和单纯。

我知道，这世间必有一种人，以最单纯、最干净的态度，以植物的姿势，骄傲地寂寞着。我去过那所中学，简陋破旧。学校后面有一条长堤，在三四月间，大叶黄杨抽出枝芽。风吹来时，那些杨树像在跳舞。没有人欣赏，但它们跳得仍然是绝世的美。

还记得去深山古寺里看莲花，有决然的清静。

一个人，在深深的午后，薄雾，穿白色衣衫，着青鞋一双，穿过那些木鱼声去看莲花，内心清凉而生动。

自知一生不可超越。有时候，抵达内心的狂热只有自己知道。那一刻，如生如死，淡定自然。满池荷花，化成欢喜，在光阴里，可以永远留存。那一分，那一秒，那一刹那，是高不可攀的寂寞，枝枝蔓蔓缠绕起来。记起时，心存感激。

也记得闹市，人声鼎沸，摩肩擦背，走在人群里，素面薄颜，看灯红酒绿，看霓虹闪烁，此时的内心清凉，才更是难得。这种时刻，如炼真金，多少年，才能修得。

记忆苍茫，那些瘦而清绝的记忆永远那么清新。其实，有关寂寞才记得住。热闹总是短暂，寂寞才是长久。而高不可攀的寂寞，那是一朵雪莲花，又清凉，又艳丽。

请允许我有这样的奢侈，至少，向往这样的寂寞。

惰性气体

惰性气体。我初听这四个字，是在一个酒桌上。

那时我正恹恹，不发一言地呆坐。她看着我，忽然说："雪小禅，你是惰性气体。"

我如五雷轰顶。多少年来，我无法用一个关键词来形容我的气场，还有我身上那种冷漠、懒散、疏离，不热络，必要的清凉和冷艳。

在众多场合，我是沉默着不发一言的人。甚至接近了无理与不懂事，所燃灰烬如片片锦绣，都在心里。

我不想示人。

在化学元素中，惰性元素轻易不与别的物质发生反应，但一经化合竟耀眼炫亮。“惰性”一词的英文原意是“inert gas”或“noble gas”，“inert”意为“惰性的”，而“noble”意为“高贵的”。惰性气体之得名是源于它们孤傲、排他、不易与其他物质发生反应的特性。冷艳、不轻易和人热络……这是惰性元素的特质，我看到后，眼睛发酸。

孤傲、排他……我保持着冷意与潸然，做这茫茫世间的荒人，过分地感性、主观、沉溺姿态是格格不入的。我轻易不认同人，更不会人云亦云。沉默时，有一种爆破，内心的爆破，在心里隐隐地埋藏着。

喜欢着那种带着凉意的懒散。

不，不用讨好我。这是处女座的典型特点，讨好是无力的。对于一个追求完美的人来说，吹毛求疵或者说鸡蛋里挑骨头是常事。对于惰性气体来说，最好的办法是放任它，让它的灵魂孤独，如果还不嫌孤独，就往更孤独里去。

有抒写为伴。

抒写，可以把绵绵无期的时间加以注解，此时，彼时，此刻。悲伤吗？喜悦吗？是谁化合了我？我又化合了谁？而惰性气体，一旦化合，便是焚身似火。

惰性气体，它不会轻易化合，可是，它如果遇到对的物质，一经化合，便是惊天动地，再也不会分开。

比如遇到抒写。

是的，抒写。

这带着芬芳的湿润的一个动词！我念出“抒写”两个字，像念出自己恋人的名字，它多美！多销魂！我热爱着抒写，写这疏离花枝与寂寂琉璃时光，写这时间的结晶体上有些凋零的记忆，以及内心伤口上的疼痛与酸楚。

我写，故我在。

如同我深爱的人唤我的小名，雪，雪。我说，在，我在。我一直在。

用抒写，和时间作对，顶住遗忘的大军卷土重来，或者，让时光把我侵蚀殆尽。或者，我在一种惰性中安然离开，这人世，这时间！

不在，伯格曼说，就是没有了。

在，在吗？我在。我是一股惰性气体，寻找着让我化合的物质，是时间吗？是爱情吗？是孤寂吗？是文字吗？

即使是惰性气体，人也是需要另一种慰藉与懂得，人是需要人的人，哪怕小众，或者只到唯一。他一眼就洞穿你的朱红与雪白，这是美艳绝伦的懂得，像懂得一场盛开的樱花，其实是在吊唁时光之逝。那是一种凋零的哲学。

在早晨，我看到自己的脸在镜子中，一唇的淡如黄花粉，我又一夜没睡，沉溺在小世界中，不可自拔。

我自己与自己化合了。

芭芭拉·史翠珊唱着，“人，是需要人的人”。张火丁唱“一霎时把七情俱已昧尽，参透了酸辛处泪湿衣襟”，这段二黄真是好听，百转千回，我总也唱不好，这个早晨，我跟着伴奏唱，唱到花静人白，房前屋后，仿佛桂花落。而我被时间和文字彻底化合，瘫软在他的怀里，我居然不能免俗，掉下一两滴清泪。融于时间，化于时间。

我愿意当这样的惰性气体，一直做着减法，减去这些浮躁的空气。

在的，会一直在，无缘的，就再见，再见吧！我依然热衷于当这样的惰性气体，寻找着化合的机缘。哦，错了，不，不是寻找，化合的人或事物，从来不是找到的，一定是上天所赐。不会早一秒，亦不会晚一秒。

我更愿意，在找到之后，真正看到我被化合的另一面——我其实内心如鲜花着锦，又如烈火烹油，我心里装着一桶汽油，一个小小的火星，就能引爆我的一生。

就像这个微凉的早晨，我沏了一杯大红袍，看着它被滚烫的热水泡了，翻滚着落下，散发出一种清幽的迷迭香，非常乌龙。我喝着它，有些抱怨，有些香艳，有些虚无，又有些疏远。我和我自己是一种难得的化合，我为了我，我懂得我，又不懂得我。

我有时候和我很亲热，亲如姐妹。有时候又会反目为仇。从面相上看，我肯定不是一个很清淡的人——有人说我长得像演贾宝玉的那个人。我看了看自己，否定了。我只像我自己。我喜欢内心这种舒适的暗。这种懒散，像沉溺在李渔的颓废之中一样，他绝非真正的颓废，而是寻求一种更为适合自己的化合物，然后交融在一起，阿城说，“赏心把玩终日，却涕泪忽至。”我喜欢这句话。这是一句大明白话，作为惰性气体，在把玩时间的同时，我不小心坠入了其中，再也难以跳出来。

我愿意与其化合，用半生花枝琉璃滋养这最无情的东西，它养我或者弃我，我都不在意——我在意这化合的一刻，我原来是以性命来和它化合在一起了。

死就死吧。我想。

人书俱老

近日看书法名帖。一看再看天下行书前三甲，第一为王羲之《兰亭集序》，二为颜真卿《祭侄文稿》，三为苏轼《寒食帖》。

正逢雨季，阴雨连绵。

一个人卧于阳台上红沙发里，整个人陷入了一场与书法的爱恋与纠缠。这哪里是书法？分明也是人生。三幅行书均为草稿，据说他们也试图再写，把那草稿上的瑕疵和涂抹去掉，居然再也不能。

绝品都难以复制。

那是怎样的心情写就？兰亭的阳春三月，文人聚集在一起写诗画画，雅嘱王羲之为序。他喝到半醉，一挥而就，文与字都美到不似人间。虽然后来没了真迹，但是，连复制品都让人叹为观止。孙过庭在《书谱》中总结：通会之际，人书俱老。王羲之的老，是重回到最初、开始，回到书法的本源——书写，原来是为了记录生活之美。

弘一法师圆寂前四字，也还原到了写字的最初，彻底了断人间烟火气。出家之后，他拒绝戏曲、音乐、绘画、书法……所有与文艺有关的事情，他都拒绝。这其中，包括书法。

后来，有人规劝：抄写经书可以度人。于是他抄经度世，字体线条平静安详，所有的书法家力求表现自己个性，而他，隐藏起所有个性，只为抄经度人、度世。回归到书法本身，回归到字的认真踏实。那最后四字悲欣交集，早就失去审美的纬度与经度，人书俱老是境界，到了这里，他连人书俱老都没有了。

有人曾在晓云法师处看到法师的刺血经书，血迹极淡，却如金石刻痕，缕缕都游于心上。震惊同时，只有心酸与慈悲。

初看颜真卿《祭侄文稿》，如鬼画符，行、草、隶都掺杂，一字字全是疼痛。此篇上升为精神领域的《圣经》，完全与书法无关，情绪四处蔓延。这是颜真卿吗？这是，这正是。颜体的大气和阔丽，颜体的规范和平直全然皆无。你只看到一个人在写、在哭、在疼——书法真正的意义是曲终人已散，江上数峰青。

再看《寒食帖》。彼时苏轼四十五岁，几次被贬，几经磨难——他书写时还需要炫耀华丽吗？还需要书风吗？还需要矫情吗？夜风苦雨，阴雨连绵——“今年又苦雨，两月秋萧瑟，卧闻海棠花，泥污燕支雪。”连眼泪都觉得多余。一笔写下来，心就老了。其实，提笔的刹那，就老了。

流放岁月，此样寒食节。一个人站在窗前、雨前，九死一生的命运到了高潮——人的一生，如果只经历大富大贵和平淡从容，哪里会有人书俱老？——徐渭不历经苦雨荆棘何会画出那般清寂山水？凡·高不孤独致命怎么会有疯狂的向日葵？别样的人生里，必然清寂到快崩溃才会听到时间轻轧自己灵魂和身体的声音。

那么，落笔吧。

因为，此中还可落泪。

还可纵情地想念或者拒绝。

还可以，一个人独处的时候，与笔墨为伴，伴着雨声、秋声，伴着那乌鸦的叫声，写下这首千古名帖《寒食帖》。

此中有真意，欲辩也忘言。

一个人内心有了格局，气息会别样不同。

弘一法师，到最后，内心与外在完全统一，刺血写经时，以血为墨，并不觉得疼痛。

而行书前三帖，早就失却书法技巧——我们一生所要摆脱的，恰恰是技巧。技巧让我们华丽、矫情、茫然，技巧让我们趋之若骛，技巧带来利益，技巧也带来匠气。

人书俱老的作品，早失去技巧。“悲欣交集”四字是空灵禅语，不但没了技巧，连人间味道全无。好的东西，无间胜有间，气宇轩昂时还想哗众取宠，还想表现，生怕这世间留不下痕迹。哪知无痕最好，无迹无佳。日本导演小津的墓碑，无名无姓，只刻了一个大大的“无”字。他早就明白，人生是一场空虚，到最后，安静地一个人长眠于地下，已经是福报。

有人说长期看书法名帖可以把人看老了——如果年轻的容颜有一颗老心，那真是人生上品。早早地把自己的心收敛起来放好，也无风雨也无晴，慈悲喜舍，静定安详，于整个大人生来说，是敬重，也是圆满。

这样的通会之时，来得越早越好。

书法最高境界是人书俱老，人的最高境界呢——也许也是还原到最初，安静地来，安静地去。富贵吉祥，波澜不惊，风雨雷电，淡然一笑。

缱绻

缱绻是一个很缠绵的词，读起来就绿意铺卷，有什么办法呢？爱上一个人，大概就是想缱绻在一起，如两棵卷卷的热带植物，缠绕着，不分离。

总有那些时日吧，渴望着与这个人缱绻在一起。唐诗宋词里的怅怅然全体会了，心里的绝望如灰，脸上憔悴得不像样子了，可是，眼里却是闪着金一样的光芒，锦心绣口，说什么全是这个人——他呀，他喜欢吃大饼卷肉，粗野得很，还是小木匠，会打一些小板凳，当然，喜欢夜读诗书，把余光中的《乡愁》背得施施然……三句话离不开一个人，大概是爱疯了才会这样。

缱绻是一个很忧郁、很诗意的词，只适合热恋中的人。能和自己缱绻吗？缱绻是不再节制，是泛滥，是癫狂，是春天疯狂的那些抽枝的藤，是装在水晶瓶里捧着的记忆，一点一滴，都是关于这个人。

可怎么办呢？彼此一遍遍地问。

我怎么会遇见你呢？

从遇见，就开始了眼神的缱绻。所有的爱情开始于眼睛刹那间的被撞击吧？一切的清水明媚，一切的山风浩荡，皆在刹那。《诗经》中说，“既见君子”，其实是邂逅遇见，其实是刹那间惊鸿。《洛神赋》里那翩若惊鸿的洛神，又似开得正茂盛的木槿花。木槿在《诗经》里又叫舜华，开得正酣的花，何以开到如此浓烈缱绻？大概遇到自己最欢喜的季节了。

缱绻的刹那，总是忘记了姓氏的。同生同死的心就有了，窒息也有了，问了一遍又一遍，傻子一样：你想我吗？你爱我吗？其实内心里早就知道答案，可是，有什么用？就是不能肯定，就是想要让他说出来。他说了，还要再问，有多爱呀，有多想呀。真是傻呀。缱绻到最后，是孩童了，被爱情围困了，总以为会多浓稠，却闻到了清凉意，最简单、最干净的心爱上一个人，当然会有清凉意。

她大概也不是那样倾城色，可是在他眼里，是凌波微步般款款走来，腰如约素，顾盼流萤，那婉若游龙的样子，依稀是梦中人吗？只想与她缱绻到死，真有视死如归的样子。但是，情到深处，却总是欲说还休。最深情的缱绻，倒不一定是身体的缠绵，到了灵魂的纠缠，你中有我，我中有你，片刻分离都觉得难以割舍，才真是要命。

最难以忘记的缱绻是《情人》中的两个少年，并不饱满的身体，还青涩，带着年少繁花与萧瑟，没完没了，没完没了——外面人声鼎沸，屋里缠绵到缱绻。事隔多年，杜拉斯最坚硬的神经也没有抵挡住记忆的洪流。她忆起中国情人，无限伤感，老泪潸然。看得人感慨唏嘘。那时的她，好似一朵凋零牡丹，仅靠年轻时壮丽的记忆来喂养自己，曾经的美丽妖娆都渐渐远去，唯有那些缱绻的画面留下来，陪着她，一年，又一年……

缱绻是两个人的沉溺，都沉溺在了爱情的泥沼中，都醉得一塌糊涂了，谁还能扶谁？对方是唯一的解药，一个微笑，一个轻吻，一声问候，只要是她的！可真病了，愿意生生死死遂人愿，怪不得杜丽娘说慕色而亡，怪不得李慧娘看到那少年会赞一声“美哉呀，少年郎！”

缱绻还是浓密的思念——想他想得真是难以入睡，明晃晃的月亮照在瘦了的黄花上，衣服宽大得似装了无数鸽子，心里想着他，口里念着他——他呀他，要人命的他。不可以不想他，不可以，两个人的邮箱里，她说了最重的情话：生是你的人，死是你的鬼。缱绻到深处，就是这样吧，生也是为他生，死亦可以为他死，爱到深处，从来没有后路，从来如钻石一样闪亮、纯粹、干净，长啸呼歌，却原来只有一个人的名字在心底，枝繁叶茂，把她的日子，全遮盖了。

缱绻到最后，连呼吸都是难的。爱到了骨子里，有了窒息的感觉。是想舒缓一下，偏偏身不由己，“我爱你”三个字，曾经以为俗到不能再俗，年轻时说说尚觉得矫情，说不出口的尴尬。真爱了这个人，一而再再而三地说，不嫌重复，不嫌艳俗，原来长风浩荡里，“我爱你”三个字是无比地端丽隆重，只遇到那等了又等的人，才会绵绵荡荡到脱口而出，如此自然脱欲，如旁逸飘出的荷，出了污泥，一身的清秀与不俗。这三个字，落得莲花一样的饱满清澈，说给他听，他担得起，也值得起。

“把这个人儿包包好，放在心窝窝里呀。”从前听这等艳丽小曲总是掩面笑。缱绻到他怀里，终于想把他包包好，贴了身的暖，亲爱的人，你别想再逃。

最平淡的缱绻是老了吧。两个人都老了，一前一后走着，偶尔相视一笑，他替她喝酒，说她不能喝，而她微笑着，用眼神眷恋着自己从年轻时就朝思暮想的恋人。这样的镜头，他说给她时，她立于一株盛开的木槿花前，珠泪滚滚。

而此时，缱绻就是这夏日里盛开的木槿吧，如此绽开还嫌不够，仍然疯了似的喊着，我要，我要，我要！

人的心，是脆的

“人的心，是脆的。这是没有办法的事情。”这句话，是汪曾祺老先生《随遇而安》里的一句话，看得人心里生生地疼。那时他当“右派”，下放到张家口，开始担大粪、起猪圈……后来派去画土豆，他写道：“天渐渐凉了，马铃薯陆续成熟，就开始画薯块。画一个整薯，还要切开来画一个剖面，一块马铃薯画完了，薯块就再无用处，我于是随手埋进牛粪火里，烤烤，吃掉。我敢说，像我一样吃过那么多品种马铃薯的，全国盖无第二人。”这是有史以来看过当“右派”当得最怡然自得的一个人，没有抱怨，没有愤怒，心平气和地接受着命运开的玩笑，他当“右派”，只因为系统里“右派”指标太多，人数不够，于是，他凑上了数。

但后来他说：“受过伤的心，总会有痕迹。人的心，是脆的。”看到这句，我用蓝笔画了下来，我知道，我的心也是脆的——它曾经伤痕累累，甚至懒于再去寻求，即使是特别感动，也宁静于冷漠的表情。

有人说张爱玲冷。其实，她的心是热的。她用文字的冷和现实的冷来掩盖内心的热。自小孤寂的家庭，遇到任性的母亲和父亲，一个撇了两个孩子要去留洋，用毕生旅迹来证明活着的价值；一个吸鸦片养小老婆。幸亏张喜欢了文字，不然，也许活不到七十五岁。她的心更脆，在结束了与胡兰成这个既有才又风流的男人的爱情之后，选择客走他乡，从此彻底封闭起自己。

心太脆，所以，它容易碎。

每次看《春闺梦》都替张氏担心，怕她醒来。醒来心就碎了，就知道丈夫早已经战死沙场，是再也回不来了，那鲜艳的粉衣只是在王恢回来时才穿，那窄窄的水叶子勾出的那么盼望的脸，满头的水钻配在水银灯下闪着不真实的光，她唱着“去时陌上花似锦……”又唱“门环偶响疑投信……”由怒放到凋落，梦终于醒来，她的心，会碎成多少万片呢？

其实最让人心碎的大多是爱情。

开始的时候总是充满了甜美的气息，多数时候，我们被这些甜美的气息所诱惑。以为它是真的——其实这甜美充满了危险，接下去很快就满目荒愁。所有的争执、猜疑、嫉妒、争吵、纠缠……早就抵过开始时的甜蜜，爱情说到底就是一场意义不大的纠缠，和生命相比，薄弱而单调。当我热情地抒写着爱情这回事时，我知道，我离这件事情，早已经云水两重天。内心的冷静和淡薄，超越了爱情本身的意义。

就像画家德加和蒙克一生选择了独身，孤独一人。他们选择了更孤寂的生活。生命在多数时候因为孤寂就具有更深的意味。当然，还有卡夫卡。他一个人，始终在地窖中进行写作，暗无天日，但是，精神光彩夺目。他们的心，更脆，接近于透明的脆。我们日后看到的画和文字，仿佛闪着透明的羽翼。在金色的光线下，让人动容。

记得看过一场杨丽萍的舞蹈——《云南印象》。她瘦得只剩下骨头，那种骨感又恰恰是必须的。为了跳舞，她必须得瘦，因为瘦，几乎不能怀孕。没有孩子的女人总是带有莫名的巫气。她扁扁的红唇抿在一起，细腰不停地腾空扭转。惊心动魄之余，我忽然感到异样的心碎。

她天生为舞蹈而生。那颗心，或者如水晶一样，更加脆吧。也记得画家弗里达，在离开人世时说："我希望永远离开，而且再也不要回来。"可见对生命的无奈与厌倦。

每次回老家，总会遇到一个疯女人叫花儿。穿了花衣服，披头散发，手举着一把花，仰头长啸，至于唱的是什么，完全不知道，只记得调子高，穿破云窗。城里的人并不在意，因为她疯了太多年。

大多叫她花痴病，和一个男人订了婚，后来男人提干了，不要她了，她就疯掉了。天天高昂着头，快步走着，唱着。

有一天风极大，我看她在风里披头散发，花袄飞起来，脸上露出得意的笑。

我站在一边，眼睛就湿了。

我没有金属一样的心，我没有那么冷。我的心，还是一块鲜活的跳动的东西，它看到让我心酸的事情，会难过，会落泪。

汪曾祺老先生说得对，人的心，是脆的。在爱情这里，或许只能碎一次，碎了，就永远地碎了。

像杜拉斯一样堕落

毫无疑问，杜拉斯对我的意义是这个夏天最重要的。

整个夏天，我搜索着有关杜拉斯的一切，并且迷恋着她的一段又一段爱情，虽然她说爱一次死一次，可是，下一次的爱又让她活过来，并且，在一次次和男人的恋爱中获得救赎和新生。

杜拉斯好像一袋海洛因，又像一袋有毒素的花，香气扑鼻，可是，暗自妖娆，让人无法放弃。我最喜欢她对待爱情的态度，从十五岁到八十二岁，始终如飞蛾扑火，热烈如一枝罂粟，妖艳着、美丽着、孤单着，无论她是在舷栏上等待着异国之恋的少女——她穿着宝蓝色的裙子，戴着男式帽，脚上是一双缀满了珠片的廉价鞋子，她是野火，片刻间为中国情人李云泰燃烧起来。

这燃烧如此持久，直到七十八岁，她拿起笔来，激情四溢地写下《华北情人》。华北，情人。我恰恰住在华北，这广袤而深远的土地，曾经有过杜拉斯的情人，那时她七十八岁，老而弥坚。其实，我更喜欢老了的她，妖气弥漫，越老越妖精，越老越热烈，越老越堕落。

是的，我更爱她被岁月摧残后的容颜！

这枯萎，带着几分妖气，带着几分坚定不移，她仍然是倔强的，在镜子前抽着烟，自恋着，旁若无人着，是“我为了我”的自私。她老了，满脸皱纹，步履蹒跚，牙齿脱落了，可是，雅恩·安德烈斯·泰内，这个小她三十九岁的导演一生追随着她、迷恋着她，在杜拉斯八十二岁死后，他做了永远消失的情人，永远一个人。

他做她一生的秘书、读者、崇拜者、司机、护士、奴隶，也做了她一辈子的情人，这个妖冶到极致的女人的暴力在这个男人身上得到了具体的体现。

三十九岁。这是一个隔阂与距离，但于杜拉斯而言，徒增她的暴力。

她不厌其烦地寻找着爱情，“每次我有欲望，我就有爱情”。这是她张扬到放肆的话，米歇尔·芒索说：她搅乱事情，她强人所难，她迫不及待地制造悲剧，制造能越轨的事情。她使用暴力，反对任何秩序和理智，她有让人心碎的暴力。

而最大的暴力应该是爱情。也只能是爱情。

她延展着这种暴力，直到生命结束的那一刻。

爱情的毒草让人堕落，其实谁都渴望堕落，只不过，怎么样能堕落到更彻底。所有性格极端不安分的女子，也许都有这种渴望，而这种堕落不是真正意义上的堕落，它只是一种焚烧，对灵魂、对欲望的焚烧，虽然偏激，可是，仍然具有强烈的诱惑力。

《广岛之恋》《印度之歌》，她与这个世界格格不入，因为格格不入，她成为美丽的异类，吸毒、酗酒、自恋，惊世骇俗地生活，不管你是谁，认可就是认可，不认可，我无所谓。态度的决绝让人更加迷恋，就像歌后王菲，置听者的感觉于不顾，自娱自唱，结果，人民群众的贱性表现得一览无余。

叶芝说，我现在可以枯萎地进入真理。这样地进入，多么生动，多么深刻，枯萎是一种凋零的美。就像晚年的杜拉斯，我喜欢她脸上生动的皱纹，喜欢她快掉光了的头发和牙齿，她矮小的身材，穿着臃肿的棉衣，抽着烟，在马路上，依然那样旷世，依然那样绝无仅有。

而这一生的欲望，随着一次次的堕落而飞翔，她在文字中编织着绝望，也编织着希望，甚至肆无忌惮，她说作家的职业意味着最为自由，最容易遗忘，最最偷懒和疯狂。她又说，艺术是什么？艺术就是卖淫。这近乎疯狂的表达，然而，我明白这个女人，说到底，她只是她自己，和任何人无关，爱情是她的道具，一而再再而三地增加着她的深度，仅此，仅此而已。

像杜拉斯一样生活，或者像杜拉斯一样堕落，其实这是一个很大的难题，因为任何事情都一样，要棋逢对手，要将遇良才，更不用说爱情。所以说，堕落，其实是太艰难险阻的一件事情，遇不到好男人，想堕落，不是件容易的事情；遇到好男人，还要看一下，他，是否值得你为之堕落。

小众之美

林志炫出了新专辑《出嫁》，拿回家的时候小弟问，谁是林志炫。对于一个喜欢周杰伦的少年来说，林志炫好像是上个世纪的人。的确，林志炫果真是上个世纪的人。

他出道多年，亦没有多火爆，只在优客李林时代，唱着忧伤的歌有几分薄名。当时也是唱给小众的，如今更是小众，这张专辑，是和一个叫詹兆源的男人一起做的，那男人辞去IT业高职，林志炫也一年没接任何演出，专心做一张自己喜欢的专辑，而且扬言，做给小众的。

我便极喜欢。

小众是一种情调，一种哲学。

据说，写一首歌要用六七年，慢工出细活。他说，是写给自己听，不要求大多数人认可。

认识一个画家，叫刘进安，在中国水墨研究所画画，他人不热闹，喜欢画给自己灵魂看，有一种“我为了我”的执着。无疑，他也是小众的。他说，如果我的画被到处展览，或让人索了去得意地贴在墙上，那么，是我的悲哀。

那种孤绝气质，是中药里的药材“独活”，分外芬芳了。

颜色里，有一种粉蓝，不被大众认可，认为那蓝是贱的，甚至穿在身上有种莫名的孤单。可张爱玲喜欢穿，然后戴黄色玳瑁眼镜，这种粉蓝，所有人认为不适合做衣服。我见过农村里死了人，在棺材上披在棺头用的，唤作明镜，是必须闺女买来给老人的，说是在阴间可以穿得好。可是，她穿在了身上，宽大飘逸，让印刷厂的工人都停下来看她。张爱玲曾经是小众的，现在大众了，是她的悲哀。她这个人，以及她喜欢的粉蓝，都应该是小众的。

同事里有个女子，沉默，寡言，喜欢一个人静处，穿的衣服就那三两件，可是干净，干净得近乎缥缈。她不喜欢凑热闹，喜欢一个人楼顶吹箫，开始都以为她失恋，后来才知，她爱情完美，丈夫在美国进修，她只是个性使然，也约会，也只是那几个人来找她，永远是那几个人，非常小众。

去旧书摊上翻书，总有些书是孤单的。

因为不被认可，或者不畅销，所以，还七成新，就被打上了二折起的牌子。

站在那里，翻看着，有《泰比》《白鲸》。几年前，读到《奥穆》，因为怕看完再没得看，我限制自己每天只读几十页。老麦尔维尔的东西一点不热闹，懂的人甚少。于是就想起霍金，在没有炒作他的时候，如果你读《时间简史》，那简直是朴素到极点的美。

所以，我难免会喜欢小剧场之类的东西。

比如孟京辉的小剧场，有时间我会去看，看不太懂，可总觉得比一大帮人看鸿篇巨制的电影强。这个浮躁的时代，能让人感动的东西越来越少了，我看了一个小制作的电影《向日葵》，导演是张扬，看到最后，我的眼泪掉下来了，我知道，小众的东西不一定有多少票房，可是，它一定能抵达你的内心。还看了《三峡好人》，见人必夸贾樟柯，但一般人总在问，谁是贾樟柯。

小众之美，是自己的，它与你贴心贴肺，知道你的疼你的喜，不媚俗，不随声附和，不人云亦云。做小众的人，欣赏小众的事，其实是骨子里的唯美，刘进安有一幅画，名字叫作《反正我们是》，我无限地喜欢这题目，是任性的，不说理的，骨子里和所有较劲的，有一种一意孤行的决绝，分外地艳，却又艳得这样荒凉。《源氏物语》有一章目是“薄云”。可怜人意，薄于云水，黛玉也曾经说过，我是为我的心。这种凛然气质，完全地小众，所以，她注定是一个人，孤芳自赏。

小众之美，一定懂得自己的心。在爱情上，更是坚决，只要一个，认定了就是他了，今生只爱你这一个人，死缠烂打，到最后，是痴缠了。这样的飞蛾扑火，不三心二意，完全是个性使然。所以，如果谈爱，和喜欢小众的人谈，他一定是痴人，因为，他懂得“因为纯粹所以完美”。

而完美，一直是喜欢小众的人的终极追求。

正宗的绝望

我一向不喜欢太晴朗的东西。即使天气，我宁愿淫雨霏霏、阴云密布这样一种阴柔之美。

电影当然也一样。

太健康、太幼稚的东西总是不让人喜欢。悲剧总是惹人怜爱，似是而非的东西最好，表现大爱大义的主旋律必定不会持续太久。倒是人世间的小奸小坏总是让人刻骨铭心。这一点，张爱玲的作品似乎是证明。

她总有那种特别正宗的绝望，比如振保，在多年后路遇王娇蕊，很艳俗的相遇场面。他却哭了，痛哭淋漓，然后继续他和孟烟鹂的生活——现实比爱情更坚固、更无耻。没有男人会为一个女人放弃家庭——除非他疯了。

还有《留情》里面的女子，为着米先生这个长期饭票，不停地表演，说着违心的谎话。那年张爱玲才二十四岁，她说，没有一样爱情不是千疮百孔的。

真的，没有一样。

我记得看电影《色·戒》时，王佳芝在逃走时心里未必不害怕。三轮车车夫前面有一个小风车，风车转着，她看着那风车，眼神很凛冽。那个镜头，也是很正宗的绝望。李安把王佳芝那种凛然拍了出来——生是他的人，死亦是他的鬼。

《天使爱美丽》得过很多大奖，从电影名字到表演我都不喜欢，那种浅薄的喜悦让人感觉无聊。我更喜欢《弗里达》这样的电影，一个女画家，浓烈的一生，短促而有意义。

那种绝望，只要看了电影的人一定会有。

爱过一个花花公子并且有才情的女人，注定会受到惨痛的伤害，比如弗里达，比如张爱玲。尽管胡兰成在事后用艳笔澹澹一直浓情回忆——那是他一个人的事情，与张爱玲并无关系。

我一直相信他并不懂得张爱玲的绝望。

世界上最绝望的人是，连绝望都可以整个吞咽下去。我想起《霸王别姬》中程蝶衣最后抹脖子那段，其实是快乐赴死。他自己把绝望都吞下去，其实亦是最冷酷的自私——我真没见过那么决绝的人，连死都觉得是快乐的。

几乎每天要路过一条脏乱差的小街，充斥着社会底层各式各样的人。

都一脸的绝望。

明晃晃地写在脸上——现实的无奈，奸坏的表情，这条路上小偷多，那些卖菜的小贩都知道是谁。明明看到有人在偷东西也不会说，事不关已高高挂起，一脸的无所谓。那是最纯正的绝望，最裸露，最无情，也最赤条条。

——真可怕呀。但有什么可怕？世相最是寂寞也最是无情，所以，一点点温暖便记得清楚——多找了几块钱，然后被追赶着塞到口袋里，这样的温情，真是让人感动。

真正的绝望一定不是流泪，不是在脸上，而是在心里。

——表面上看着如此光鲜，其实内心已经碎掉了。凡是能打动你的东西，它一定伤得你也很深。比如爱情。

总是记得一个疯掉的女子，一生停留在了二十岁，即使六十岁了，亦是二十岁的心态，穿花戴朵的，喜欢叫那个男人的名字。她的绝望终于形式化了，呈现给大家看，警示那些在爱情中的人们：看，这就是痴情的标本。

所以，绝望最好找个出口。

流泪、倾诉，都是很流俗的表现——人生就是一场流俗的演出，不要以为多盛大，苟苟且且的时候居多，还没有来得及觉得如何，小半生已过。秦香莲央求陈世美，明知是不能还是要求，陈世美的行为到了让人齿寒的地步。

其实杀掉陈世美她未必不绝望，但总归是去了一块心病，爱情没有了，杀掉那个人是最好的结局。这有些恐怖，但真实的情况却是大多数婚姻苟且地过下去，没有任何迹象表明可以离散。

中国式婚姻坚如磐石。即使早就死掉。其间最坚硬的神经来自家庭和社会关系、子女以及道德底线，这才是最正宗的绝望——同床异梦，连银行存款也要各自藏在天花板里，两个人小心翼翼地维持着现状，一脸的光明正大，一脸的同心同德——世上最正宗的绝望，莫过于此。

一炉雪

2010年8月，我接到写《裴艳玲传》的任务。

那年8月，人生仿佛沉到谷底，握在手中的时光仿佛俱是碎片，片片都能把人扎得疼出声来。

很多时间，我一个人把自己与世隔绝了，不再写一个字。不与任何人联系。每天骑自行车满城乱逛，从天亮到天黑。不知到哪里去，也不知与何人说，真正的疼痛——更与何人说？有些决绝只有自己知道，有些疼痛只能埋在心底。

这时，省委宣传部与省作协决定让我写《裴艳玲传》。

我有犹豫。接到电话我就拒绝了："我不写……"一怕写不好，裴先生本是一代宗师，文武昆乱不挡的梨园翘楚，在戏曲界是铿锵作响的玫瑰。二是情绪低到极点，只想安静地待着，甚至想去深山古寺隐居，已然彻底厌倦了和人打交道……但几天之后我还是接了——我喜欢戏，从小就是戏迷，对戏曲有一种前世今生的感觉，我的家乡霸州亦是戏曲之乡，我还票几口程派，能为裴先生写传，也是我的福分。

我来到先生身边，一跟三年。三年光阴，朝霞裹云一般，想起来都是珍珠点露，不自知间，已熏染得一身傲骨风姿，却又知低调谦逊之美。孙过庭在《书谱》之中写道：通会之际，人书俱老。三年过去，忽然感叹这八个字映照在那每一分每一秒里。甚而，照耀在人生以后的每一寸光阴里。

陪先生去演戏，香港、台湾、每个城市……每到一处，俱是人声鼎沸，鲜花掌声。先生仍然冷静，我必须唱好每一出戏，戏里是天、是命、是根、是魂。我见先生演那一个个英雄男儿：钟馗、林冲、武松……一身豪气，悲愤孤傲。也陪先生吃饭聊天，那样的大家，粗衣布衫，粗食淡饭，几瓣大蒜是最爱，清淡日子中只言艺术。

有一次深夜提及挫折伤害。先生说她被孤立，几十人买好机票去台湾演出，忽然全不去了……只剩她一个人。那时已是凌晨三四点，一杯普洱茶已经凉了，先生平静地说，我听得耳热心酸，珠泪潸然……她却如风过耳际般清远了，只言都已过去，哪有过不去的坎儿，攻击你是因为你优秀……关键是，你如何把挫折与伤害做成一朵小花，然后别在你的衣襟上。

那天深夜，只有我和她。还有，窗外孤独的风……还有，我们的脚下卧着她的五六条小狗。有时候我们彼此看一眼，眼神交汇的刹那，一切明了——每个人都是在黑夜中大雪纷飞的人，每个人活着，都没有同类，但都在努力寻找着同类。那个过程，便是慈悲，便是光阴和人生。

那是一次极难忘的谈话。先生什么也没问我，我亦没说。她只说了一句话：一帆风顺从来不是人生，你跑得快了，连风声都听不到，何况那些风言风语呢？人就像一炉雪，得有风雪吹，这炉雪才更见风骨啊，小丫头啊，日子还长呢，好好写你的字，艺术永远是一个人的魂儿，全世界都抛弃你艺术还会跟着你，只要你要它，它永远死皮赖脸地跟着你……你得把这一炉雪炼成一炉最晶莹、纯粹的雪，用它泡茶喝，你就叫雪茶吧。你自己喝自己的小禅茶时，你就成了！

无数个夜晚，就这样与先生秉烛夜谈，无数个日子，与先生聊天、吃粗茶淡饭、遛她的几只小狗、喝她的普洱、铁观音、大红袍……好光阴是织了金线的，天地有义人有情。

我学会了喝茶，亦学会了慢下来品味光阴中所赐有的一切，看她快七十岁了仍然如少年一般，没有性别没有年龄，英姿飒飒地活着，独活成自己的裴艳玲。

我重新开始写字。因为眼睛不好，怕光，就用毛笔写在宣纸上，收拾起少年时的书法，开始觉得不耐烦，嫌慢。日子长了，居然觉得是在修行——《锁麟囊》中薛湘灵唱得多好呀：他叫我收余恨免娇嗔，且自新改性情，休恋逝水，早悟兰因。兰因何时悟到，那真是因缘际会。因了写《裴艳玲传》，又有幸去中国戏曲学院任教，之后是《裴艳玲传》的出版，全国几十家报纸同时连载、电台连播、得奖、前呼后拥的人群……很多朋友见了我说：《裴艳玲传》写得好，小禅，你和以前不一样了……

再之后，文章不断获奖，新书登上各种畅销书排行榜，大学讲座的邀请铺天盖地……此时，我却保持着过分的清醒与冷静。每天早晨，仍然保持至少一千字的手写，然后煲上一锅汤，打扫房间、整理旧稿、菜市场买菜、布衣粗食。为略微的沾沾自喜自省着，记得时刻保持谦卑与朴素，并且对情怀保持敬意，慈悲喜舍，笑如莲花。

一个好友生意失利，从几千万到一无所有，之后又离了婚。她动了不止一次自杀的念头。很多个深夜，我给她讲裴艳玲、戏曲、花儿、好玩的人和事，还有自己大学讲座中有趣的事情，还讲那一炉雪……我告诉她再黑的天也得亮，花谢了还会再开。

一年之后她再婚，开了一个花店，过着寻常人家的日子，又平淡又快乐。她告诉我，自己成了那不可复制的一炉雪，自吹炉火夜煎茶，早已把日子过成了诗，春天的时候，她送了我一大抱白蔷薇，白蔷薇胜雪，美得料峭动人。

2014年冬天，再次看裴先生演出《夜奔》。看那林冲霄汉悲愤疾走，先生不是演林冲，她自己便是林冲了，一个人在大雪纷飞中奔向了梦想、情怀、慈悲。她在台上眼里有泪，我在台下，珠泪滚滚。

一个人，没有同类。然而，又何需同类?

我也仿佛也看到了自己煮的那炉雪，在天地之间煮啊煮，与光阴对话，与天与地与自己对话，与草木情深对话，与一茶一饭对话……在自己的禅园，听雪。在最好的时光里，一意孤行做那个最好的自己，与时光化干戈为玉帛，一个字一个字地写下去，然后请时光和你来听，来吧！你听，你听啊。

第四章_

一朵欢喜禅

生活原来可以这样美好舒适，

如果，如果你过得有禅意的话。

欢喜禅

下雪了，很大的雪。

雪寂静无声，大雪压了红尘，一个人捧了旧书看，发了黄的旧书，是欧阳倩的《自我演戏以来》，一块七毛钱的旧书，发了黄，末染红素丝，徒夸好颜色。我喜欢的，就是这个味道，这个感觉。甚至字是老体，由于好多我不识，还要翻旧字典，或者蒙着看下来。

下雪了，听着一种叫埙的乐器，分外地销骨，眼枯即见骨，天地总无情，好像苍茫间一个男子在沙漠上走，这种孤寂，只有孤单的人才知道有多寂寞吧。

这样的雪天，自吹炉火夜煎茶，煮了一杯浓的咖啡，围了女友从德国带回来的红色大披肩，坐在阳台的摇椅上，看一本旧书，或者，不看书，或者，不听曲。只发一会儿愣，那么，这个黄昏，也是好的。

有黑咖啡的香气弥漫上来，是带着心事的香。

下雪了，我不出去，躺在摇椅上，想想心事，也许什么都没有想，又有什么关系呢？

一个人的时候，有素色的光亮，这光亮，只有自己看得到。

咖啡不解瘾，倒了一杯芝华士。

一点点品着，开始静静地流眼泪。

先是坐在椅子上，头有些昏了，如果手托住腮，眼泪就会流到袖管里，所以，我索性倒在床上，一边喝酒，一边流眼泪。

我喜欢这样懒散，和被子缠绕在一起，黑的发，白的被，都分外孤单。

其实我就是想流一会儿眼泪，就是想在这个寂寞的雪天，自己和自己黯然销魂。

我喜欢有些暗黄的天，喜欢雪花一片片飞下来，安静的雪天里，我喜欢自己一个人度过。

当然，我会关掉手机，把电话线拔掉，我会穿着棉布衣服，披着散发，素面朝天，我会赤着脚在木地板上走来走去，我会找一些旧信来读。

天慢慢黑下来，我读着那些发了黄的旧信，泛了黄的纸，红色的格子，飘逸的柳体，与一个人的初恋有关。

我找到一些旧磁带，有的声音已经颤抖，九十年代的姜育恒，他唱《再回首》——再回首，恍然如梦，我心依旧。

那些旧信里掉出一张黑白照片，我翻开，看到一个人的照片。十八九岁，青涩地笑着，那是我，在雪地里，短发，分外地羞涩，那年，我与一个南方的男子，无限地热恋。

此时，我却无比地惆怅与感激。

因为他，我知道了脸红、羞涩和心动，所有的初恋完美到让人叹息，但事隔多年，它会让人感觉情之哀伤，我仿佛看到一个人乘着火车而来，四千里路云和月，是为了另一个人而来。

而他，只是为了与你相聚再离散。

我曾经哭过闹过寻死觅活，如今，我云如影花如面，翻看旧信旧物，清泪潸然，满怀满心，只是无限的喜了。

那过去的华年，有情有义，已经足够温暖。

此时，我把酒言欢，一个人喝得薄醉，脸上有了婴儿的红。因为酒，脸烧起来，我推开窗，十七楼的窗外，去接那一片片雪。

美到难言。哽咽到难言。

只远远听到有谁在唱——到此时我只是绿窗人静……是当年荀

慧生唱过的，我听着那旧调子，心里浮起一层层的喜悦。

揭起一层，还有一层。

这人生，因为喜欢加上不了解，再加上去岁的云和今春的雨，你叫我，怎么能不满心满魂全是欢喜？

人生自是有清欢

因了名字中有个禅字，常常被人问起，为何叫禅？你叫我怎么回答你呢，亲爱的朋友？

就像我回答不出春天为什么会来，花儿为什么会开，就像我回答不出，什么是爱什么是惆怅，而什么是这人生的悲欣交集。

秋天的黄昏，翻看一本传记《一代名士张伯驹》，感慨心酸到泪湿，倾家荡产为收《平复帖》和《游春图》，为抢救国宝一次次倾尽全力，在“文革”时却落得连户口都没有，能吃上一次饱饭就感觉幸福，就是这样，还为生日的妻子潘素写下一句：素心花对素心人。

只这一句，我便全都明白，你倘若明白我，就是素心花对素心人。

所以，再有人问我禅，我总是拈花一笑，然后答：单纯地表示，单纯的心，就是禅。

就像僧问智门：莲花未出水之前是什么？智门云：莲花。僧又问：出水之后呢？智门答：荷叶。

这一问一答，尽显生活之真、生活之禅。

就像我喜欢在微雨的黄昏里，一个人喜悦着漫步，有淡淡的清愁，看蝉在晚秋中叫着，看微黄的叶子轻轻飘坠，这欢喜的秋天，并不觉得冷，只因心里有小小的暖，我似这秋蝉，有过一季，已经很好了，何须更多？

街口新开了一家武汉热干面，虽然不比武汉蔡林记好吃，我每日早晨坐在小小方凳上，等着那十八九岁的年轻后生为我浇一碗热干面，放上红油，看年轻后生稚嫩的脸，只把人看羞看红，放两枚闪亮的硬币，哼着《锁麟囊》上班去。我贪恋那年轻的容颜，他的害羞都是这样的好，想起胡兰成说过的四个字，风日洒然，我的心情，是风日洒然，有看不见的妙。

约三五知己，茶楼小聚，要了陈年普洱和1989年的红酒，喝到薄醉，画家展卷，让我们看新画的山水画，颇有八大山人的几分神韵，词人颠词，一句“弹指莫惊春日少，此生都是有情天”，让众人都喊妙，如果喜欢，这此生可不都是有情天吗？女友喝到薄醉，轻抚古筝，弹《高山流水》，我听得心惊，他听得心动。

为种莲花，我跑极远的郊区去挖泥和水，然后在自己手绘的花盆里种上一枝莲，天天盼望着它抽枝发芽。为和朋友看一场中国美术馆的画展，半夜给她打电话，然后让她打车来找我，第二天清晨去北京看画展，在那一幅幅画前指指点点。

忽然想念一个人，坐上车去找她，寻了半日，结果她出去云游写生，并不觉得失望，这一路上的好心情已经满足，是谁说过，倾宇宙之力于眼前小小的欢喜，生命才是饱满，我为这饱满而喜悦，这一段又一段小小的欢喜，已经让我觉得清欢。

清风明月，樱花遍地，这人间四季，到处是风流花吹雪，我记得他说过的话，挑灯赏雪。那夜，我坐在他的对面，把酒言欢，都知道对方的喜欢，可是，只能到此，只能如此，这喜欢有了惆怅，想当年，金岳霖喜欢林徽因亦如此吧，喜欢到让对方觉得禅意，足够了，再多了，就会是伤害。

所以，我记得这四个字，挑灯赏雪，写出来，已经是心惊。

秋风起时，有友约去看法桐的落叶，在我们这个城市的一个院子里，我记得去年的黄，分外地凋零，因为黄到让人目眩，我一直难忘，和友提起，她居然也记得，然后在暮秋时分，相约去看落叶。

果真是素然的美，风一吹，黄叶飘，那么大的叶子，连成一片，友说四周的人，不许扫。这三个字真是好，不许扫，就让它遍地黄着，惊着人的心，每年每季，叶绿叶落，一切都会过去，所以，我告诉自己，珍惜眼前的人，眼前的事，眼前的缘分，怕一分神，它们就跑了，它们跑了，我会心疼，会舍不得。

虽然有时，事或物，旧爱若同新欢，总会有些人会慢慢走掉，总会有些事会渐次忘记。

在地铁里，我和旧日老友去看一个得了重病的朋友，我们认识十五年了，她的脸上、我的脸上，都有了淡淡的鱼尾纹，相顾无言，也无须多言，突然听到老狼的新歌“你就靠在地铁的站台这么望着我，忽然发现心中翻动一团未曾熄灭的火，很多朋友已经走出我的生活，我所有的梦却只有你全都看过……”

刹那间，我看到她的眼睛湿了，而我悄悄掏出纸巾，把自己的眼泪擦掉。

光阴这么快，我们一直想化蛹为蝶，一直努力找寻这个世界的美与好，快与乐，有时可以什么都不说，春风，春风记得我。

也许，也许。

素心，禅

北方的冬天说来就来了。一场大风之后，雪跟着就来了。

外面飘着大雪，捧了一杯热茶坐在阳台上，正打开一本丰子恺的漫画看，电话就响了。

谁这么讨厌，打扰我的清幽？最近迷上丰子恺的漫画，简单的笔画却是禅意芬芳，大雪压住红尘的这个周日，是准备一个人看书听戏的。

“阿莲，干什么呢？下雪啦，特别大特别大的雪，快出来，我们雪中散步去！”

又是她！她总这么热闹，我的蜜桃姐姐，好像快乐黏在她脸上一样，一天张着大嘴笑，一笑皱纹还全出来了。

有什么好笑的啊！她多悲惨啊，离了婚，半老徐娘，还天天折腾着跳芭蕾舞，我总叫她中年版芙蓉姐姐，她哈哈大笑，并不在意。

这个雪天，她来了电话，死拉活拽让我和她去雪中散步。

穿戴整齐下了楼，看到她一身火红的衣服，站在雪地里分外妖艳。“走，”她说，“照相去！”

看她兴奋的劲儿，好像十几岁的少年。她脸上的笑容感染了我，拉起我的手时，分明感觉到她的手是热乎乎的。她说，刚把大白菜折腾了一遍，怕冻坏了。“我的手是不是有白菜帮子味？”我扑哧就笑了，再也装不下去，我说你真是生活得太灿烂了。

雪极大，大片大片地打在脸上，风也大，打在脸上生疼。街上人少，我们像两个疯子一样在雪中跑着，她一边跑一边抬起头接着雪花。虽然她人到中年，虽然她胖了、难看了，可那个动作，我一点也没有觉得幼稚，让我在片刻之间感觉如此动情，如此心酸！

大街上仿佛只剩下我和她了，我们边走边聊。

她总是这样，对生活充满了太多向往，喜欢一切美好的东西：漂亮的衣服、美味的食物、生动的爱情、纯粹的友谊、男人的诺言……而我却几乎相反，我整个人大部分是灰色的，对世界充满了惶恐，持否定态度，与人交往，充满了戒备。和她成为密友以来，她不停地传染着我。原来，快乐这东西，也是会传染的。

不知要到何处去，反正这个风雪天，我和她，像两个疯子一样在街头狂奔着。

是在狂奔，并不觉得冷。大片的雪花几乎是砸在脸上，衣服半湿了，我们叫着，扔着雪球，打着雪仗。依稀是苍绿少年，镜头中的她不美，可是，芬芳动人。

一个三十五岁的女人还有这样纯粹的笑容，难得。

有一辆三轮车正在上坡，装满了红橘，车滑下来，红橘散了一地，落在雪地里，分外鲜艳。

我们跑上去，帮老大爷拾红橘。后来，又来了几个小孩子，拾那掉了满地的红橘，有人帮我们拍了照，我想那应该是一幅动人的画面吧：红的红，白的白，还有一群温暖的人们。

去了公园。

少到只有我和她，我们坐在湖边，看到有两三只野鸭在叫。

静默中，听到天地之间只有我和她的呼吸。整个天地，一片雪白，怪不得《红楼梦》要在大雪中结局，落了片白茫茫大地真干净。

她突然问我："什么是禅？"

我无言以对。

她说："素心是禅。"

问她怎么讲？她说："前两日，前夫来电话，说生意败落，我听了，给了他十万块钱。”我听后愕然：“你们离婚了呀。”

“离婚怎么了？离婚了就看着他倒霉高兴？我做不出来，他现在不行，我帮他一把，因为爱过，我心里有慈悲。”

我无语，我总以为她大大咧咧没心没肺。原来，她有这样纯粹的心。

“哎，给我参谋参谋，我开个书吧如何？把屋子装修得有情有调，然后放些自己喜欢的书，你说行吗？”

我看了她一眼：“行啊，就怕不赚钱。”

“不为赚钱，就为喜欢，我用别的生意养着它，就为喜欢，行吗？”

这次，她真让我刮目相看了。大雪里，一个女子和另一个女子说着自己的梦想：她没上过大学，可一直喜欢读书；她没跳过芭蕾舞，于是去学了芭蕾。一点一滴，她实现着自己的梦想。

我终于可以回答她禅是什么了。

有没有人欣赏，不是花要不要开的理由。无人欣赏，花照样开放自如！

就像这个大雪天，别人或许以为我和她是疯子，可我们自己觉得，我们也是那雪花，在这个美妙的雪天，肆意飞舞。

老樹印信

突然的莲花

一个人走在新开路上。冬天，天黑得早，黑黑的那种黑。树枝全是枯枯的，在风中摆动着。看着有些孤单，可是，它一定也习惯了这种冷，这种孤单——当所有的姿势成为定式时，其实就成了惯性。

有人蹲在路上吸烟，是年轻的女子，身份不明的暧昧。棕色的短发，黑色皮短裙，带着莫名其妙的暧昧与动荡。那烟头一闪一闪，是妖媚的狐，带着凄冷的勾引。

兜售红橘的男子在吆喝，明显外地人口音。声音果断而铿锵："红橘！保甜！红橘！保甜！"一车的红橘，散发着橘红色的光辉。

低头前行，走得极快。军绿的裙子，ZARA打折时买的，原价399元，现在五折，199元。万达广场里的牌子，低调而稳妥的牌子，偶尔能遇上那种惊心的蓝色。只有ZARA把那种蓝发挥到了忧伤的程度。灰色的披肩，它叫“上海故事”，我喜欢这个名字，一条披肩也有故事。很多东西都带着本来的气息和生命。

关键是：我要到哪里去？

天完全黑下来了，有点冷。双手插在兜里，很安全。什么也没有带，没有包，没有手机。就想在这天寒地冻的冬天走走。就想探测一下到底怕不怕天黑？怕不怕一个人走在又冷又黑的夜里？

拐入了一条小巷。这是哪里？管它呢，不重要，听得到自己的心跳和声音。上午和印禅法师学画莲花，他说你知道一个画家画莲花最重要的是画什么吗？我看着他，他说：是画心里的莲花。

浓淡枯干不重要，皴擦也不重要，留白也不重要……那些都是技法，关键是，你心里要有一朵莲花。

你心里，要有一朵莲花。

微微一震。

转而嫣然。

那朵莲花，要经了风雨，要经了伤害。然后，依然傲然。然后，依然带着跛扈的清凉。或者说，带着那种低调却从容的温暖，和出了淤泥仍然不染的素贞。

那朵莲花，还要有最清澈的明媚、最邪恶的妩媚、最动荡的平静、最不动声色的潋滟。

它必须还有，突然绽放的可能——哪怕再黑，哪怕再暗，哪怕再冷。

风，吹起来了。裹紧了披肩，走得更快了。细碎而有力的脚步，空气中短发的撞击声，心里一些东西悄悄润物细无声了。春天，不是在季节，而是在心里。莲花，不是长在盛夏的池塘里，不是塞尚、张大千、黄永玉画的荷里，而是突然之间，一枝又一枝地在心里，逐一蔓延盛开，以最凌厉的姿态，豪夺人目。

真的突然吗？当然不。请相信这一切蓄谋已久，请相信它早已埋下多年的伏笔。只为这一刻，劈面与我相遇，不早，不晚。哦，或许晚了一些。

“一斛浊酒尽余欢，今宵别梦寒。”谁在唱？快过年了，天上很多烟花，像蓝色的幽灵。炸开的刹那，有粉身碎骨的快感——真的真的，为了这一刻，它又等待了多少年？这是定数，是在劫难逃。而绝对不是，无可无不可。

那些庞大的光阴里，有多少还留在手里？只有这一朵莲花，以坚韧的等待站在风里，等待盛开。

两两相遇，梦里忽忆君。愕然就问：你在这里，到底等了我多久？

而今夜，我为何，两手空空。什么也不拿，什么也没带。就这样赤膊上阵了，去迎接一朵莲花的盛开？它突然翩然而至，与我的寂寂恰好相逢。短兵相接，彼此相认。我在这里，我在这里。我早就在这里。

终于找到了，眼下这最孤寂的莲花。无论我要不要，它都来了。就像孤独，无论我要或不要，它都不约而至。也好也好，它们知道，这一切，恰是写作所必需的养分，此刻，眼下。一个人，恰当的孤寂。多一份则多，少一份则少。

此刻，当下，这突然的莲花，怒放得简直有些放肆和放荡了。为了你，只为了你。哪怕，不顾了，一切。

还有谁比莲花更懂得我吗？那洇染在纸上的十万残荷，那刹那间的崩溃，那些羞愧，那些难当，那些曼妙的惊喜……它们都在暗中寻找过我，它们都拭目以待，看我如何来招架这突然的莲花。

那么，我认命。

俯首称臣。因为知道，无论如何挣脱，画或者不画，说或者不说，你都在那里了——你跋涉了千年万里，只为了我而来，而我，除了低眉，除了以最慈悲、最欢喜的心迎接你，还能如何？

风更大了。冬天的树枝，诡媚地伸出手臂，我看到暗影中有一对情侣。女人躲进男人怀里，我躲进莲花的怀里。我们都很幸福，我们都发出极其苍茫的笑声。那声音是冷绿的，有些凝固。我听得到它们一瓣瓣掉在空气中。我听到我自己发出了更妩媚的声音。

清远深美

读胡兰成《山河岁月》，为一种清远深美所打动。那是久远的却又可亲可怀的亲切，觉得远，却又声声在耳边，仿佛没有了年代，但分明又有年代。

人或者文字，到了清远深美，恰便似嫦娥离月宫。好份清幽与日月散淡，都陷落于清亮山河中，个个不能自拔。

对于高处的东西，都应该放弃对它的夸奖。至美至深的东西，都是无言。

有人拿颜真卿书法与王羲之比。有一书法家说，颜真卿书法，还有说得出的好。而王羲之，大美难言，静水流深。

最好的东西，那种清远之气早就不磅礴——像苏州，小细节里洞穿两千五百年光阴。说出哪里有震撼的美？却也没有，但是，枝枝叶叶，全让它腐蚀了。说到底，杭州虽美，还有一片明媚和传奇在里面夹裹着。而苏州，美到彻底，美到有些窒息。轻轻叹息一声，在烫金的朴素里叹为观止。

是因为，那红了樱桃绿了芭蕉的时刻，只能是无言。你我之间，有些无言的东西，不说最好。就像过年期间发短信，真正的好友，不再发短信，需要客气来往的，才会短信来去，转些不轻不重的问候。随即也就随水而消失了，连羽毛都不湿。

多年故旧见面。他离婚，却并没有十分怆然，只说姻缘尽了。

满屋的书，他埋在里面，眼睛里仍然闪着理想之光。

我们曾去798艺术区。他说，总也难以忘记在那里看到的陈丹青的那句话：人一生所追逐的，不过是延续少年时的梦想。我几乎遗忘殆尽，但他还记得。

十几年前，我和另一个朋友骑车去乡下偏僻的中学看他——因了他的江湖才气和种种旷世传说。

他是时间的异类。

他在乡下中学教历史，住两间低矮平房。那天停了电，他正读《凡·高传》，喝一种南瓜汤。停电的夜晚有一种凄然和美妙。我们三个声音低沉地说着一些理想和美梦，说着南方的一些城市。诗歌、段落、片段、山河岁月。正是夏天，院子里有野草与野花，开得极茂。

那院子里鬼魅的香经久不散。绵绵到十几年后的气息中。

那时他尚年少轻狂，自是语出狂言——后来又在南孟的小酒馆中喝醉。待我离乡多年去所谓的城市中功成名就，他仍然居乡下。

在霸州小城中一个叫“文丰”的书店中遇到，他眼神依旧干净炽烈。我只想到“清远深美”四字。彼时我小有名气，并且热烈地出席各种签售会与发布会。他仍然读书，带着邋遢潦草落魄的气息，他是石床孤夜坐，圆月上寒山的人。却又有着远古的荒意，似汉书，又似晚唐的落寞才子。可是，比他们又天地宽阔。

我们多年不见，但并不隔阂——像昨天才一起醉过。

十几年前，曾在食堂打饭回来，一人一盒。吃着并谈论着海德格尔和卡夫卡，几度逢秋心不凉。常常从别人嘴里听到他半丝一丝消息，依然没钱，动荡，在乡下中学教历史，有很多男女学生与他一起狂热着……那些人走入社会全都冷静了，他依旧有内心的狂热和癫狂。像俄国那些患了肺结核的病人，脸色泛着苍白的潮红。可是，因为内心世界的狂乱，又显出一种非常动荡的狂热、潦草。但分明有一种别致的干净，那是世上少有的一种清远深美的东西了，隐于他的内心，浮于他的眼中。

我与他是禅客相逢。

辛卯年的春节，我们在他独居的小屋中喝茶。没有暖气，屋里乱得让人心酸，但也心安。

说起多年来看的书，或者什么也不说。我蹲在地上翻他的书，看到养生或者《蒋介石传记》，笑了。盗版书很多，亦翻到《陈丹青笔记》，还有四书五经。

静闻真语的刹那，忽然觉得自己是如此的薄而轻。他始终在底层，也始终在高处。他提及我出的书，我忽然脸红起来，“畅销”二字让我汗颜，他始终文锦心，我早就玉琴斜。

落雪临窗时，看到小区里有人放炮，乱响中已过多少年。

想起年少时，曾切切地问，什么是深美？如今霓裳裹身，我却知道自己丢了些东西，那些轻艳的浮夸的东西啊，把内心打得七零八落，我不如一个隐于乡下的歌者活得踏实自在肯定。

他早就无论魏晋。

那个下午，被一种清远静美的东西袭击了。

虽然看上去仍旧是不动声色的。可是，内心里已经被饱满或者说沉静打破了。

有的时候，梦中人是必须的。

可有的时候，醒来就更为必须。

萋萋旖旎和喜出望外是因为重归于了最初。裴艳玲在获得三度梅花奖之后说：“我得一切归零，我得从五岁开始。”五岁，是她最初登台的时候。

“我变坏了。不如从前干净了。”裴艳玲又说。我听了之后，恍如天地雷动。在高人面前，觉得低还不够，孤帆一片日边来时，从来不自知。

而这不自知，竟然是天地大美。

晓东说我不自知，我呆呆地看着她。她真聪明灵透到顶，我竟然欢喜这蛮古荒荒的不自知呀。

有了这三个字，我心里就有了些许的安慰。清远深美其实就离得近了，离得近了，就靠近了那春来江水，就靠近了那日出江花呀。

慢生活

女友是4A广告公司的创意总监，月收入三万，在北京，这个收入也算相当可观了。

每次见她，她都风风火火的，语速极快，听着跟凤凰卫视的主持人一样，而且她有自己的生活标准，早晨要喝正宗的蓝山咖啡，中午是绿茶，晚上要去最有情调的酒吧里谈工作，即使与我这样的闺密在一起，她也要摆出一副白领丽人的姿态，连锁店的咖啡是不能喝的，一定要拉我去五星级酒店的顶楼去喝，俯瞰全北京的夜色。

我们平时都忙，见了面本来想静静心，哪怕什么也不说，在下午的光阴里，看着暖阳，坐在摇椅上，听听音乐，或者捧一本书看也好。

可我们每次见面都像在打仗。

我语速不慢，她比我还快。

抱怨总比赞美多，总之，一个字，累。

前段时间她却辞职了，然后来了电话："来吧，亲爱的，我在丽江开了一个小书吧，4A广告公司的创意总监我不干了，我准备几年换一个地方，要自己想要的生活了！"

啊？我很吃惊，怎么会这样了？

原来，她去了一趟欧洲。那里的人们都在慢生活，他们说，其实，慢生活是一种生活态度，即使有再急再忙的事情，意大利的商店也要在中午关店两个小时。即使再忙碌，很多法国人也要去度假，还有比度假更重要的吗？没有好的精神，怎么会有好的生活？

她说，我们都太像一只只重压下的蚂蚁了，不知道自己搬运的东西有多大的用处，而去国外的一个月，她感觉到那种慢生活才是在享受生活、享受人生。

所以，她天天觉得累，觉得疲惫的生活无尽无休，所以，常常穿着宝姿在镜子前觉得自己天生就是农民，要努力地耕种，否则就有吃不上饭的危险。所谓的白领，就是付出更多的劳动者，有什么区别啊？稍微有差池，便成了鱿鱼。

而工作带给她的副作用什么时候可以完结？前几天公司给员工做体检，她竟然有一大堆毛病，神经衰弱、颈椎病、腰椎病、视力下降……长期以来，她要服用安定才能入睡，那种如花草一样自然醒自然睡的时候几乎没有，压力让她的体重一直在下降。而现年三十余岁的雀巢公司女经理莱梅尔，在斐济奥瓦劳岛旅游时与当地一名部落村长的儿子一见钟情，回英国后，她毅然决然地放弃了年薪四十五万英镑的工作，来到了斐济和部落村长的儿子过着柴米的夫妻生活，晨可看朝辉，夕可看落日，用嫩树枝刷牙，晚上席地而睡，每天吃鱼、水果，过着土著人的生活。

我想年薪四十五万英镑与月薪三万比起来就是大象与老鼠的差异，其实，那种生活于她唾手可得。

当然，辞职后她所挣的只有一两千块，但她说，宝姿可以不穿，我穿家常的麻的衣服就行，几十块的衣服我不觉得寒碜了，因为心态好了。兰蔻我可以不用，用大宝和儿童霜我也觉得很好，那些几千块的化妆品，不过是为了掩蔽我们超负荷运转后的道具。丽江的空气好，这里的人都很悠闲，我去听听纳西古乐，做做义工，感觉很美。

我不是同样吗？甚至，我不知道我每天喝的咖啡是什么味道，吃的饭是什么味道，甚至，我曾经忽略了春天的颜色，它是什么时候来的呢？

我每天在忙着，觉得自己没有时间。

朋友找我聊天，我说，没时间。

同学找我聚会，我说，没时间。

父母打电话让我回家，我说，没时间。

我来去匆匆，每天觉得时间不够用，甚至身体差强人意，我都觉得没有时间去做个体检，直到有一天，我彻底病倒了。

我躺在床上，看着外面的阳光，一寸寸地挪动着。我忽然想：假如我现在死了呢？我还有太多事情没有干啊，我想万水千山走遍，我想去一个异乡的小镇和自己的爱人相守，我想写好多本好看的书……

女友说，放慢生活的脚步，其实是对自己的宽容，而宽容，才会有一种美妙的心态去看待人，看待事情。

十一的时候，回了老家，一进门，看到父母正在切黄瓜，都是那种菜市场买来的小黄瓜，一条条地切着，然后要腌制黄瓜，而这种腌黄瓜，超市里有好多卖的，“六必居”就有我常吃的腌黄瓜。

可他们很认真地切着。

当然，还有茄子皮，冬天的时候炖肉时放到里面，母亲说，味道极美。

还有苦瓜，母亲买来一大筐，切了晒好，泡茶喝，据说可以降血脂。

甚至，我还吃到了春天才能吃的荠菜，是父母春天时在田野里采来的，然后冷冻到冰箱里，可以吃上一年。

从前，我为这个没少和他们吵，何苦呢，又不缺少这俩钱。

可这七天，我天天守在他们身边，和他们一起去菜市场，买小黄瓜，切黄瓜条，然后晾晒到阳台上去。中午，亲手给母亲擀皮包饺子，说着家长里短。晚上，陪父亲去广场上看唱戏，我不再想那些琐碎的事情，我的生活彻底慢了下来。

这才明白，生活处处皆风景，红了樱桃有红了樱桃的好，绿了芭蕉有绿了芭蕉的妙。我给女友一封手写的信，发黄的信，淡淡的红条，美妙的柳体。我说，亲爱的，慢生活是这样的禅意，是我们众里寻他千百度得来的，在灯火阑珊处，你我，素衣淡茶，执手相看，我已经是艳不求名陌上花，只求活出平常心，有素色的光芒，好与坏，我都要一一品尝。

贴上邮票，小心地投到邮筒里，我知道。我投去的，是素手剥清心的一片芬芳。这慢生活，是一种情，一种调，一种弥漫着清香茉莉的禅意。

在美丽人间行走

我的朋友问我，快乐的时候多还是不快乐的时候多？

不快乐的时候多。我说。

我也是。她说。

她又问，不快乐的时候多，为什么还活得这样盎然？

我又答，那是因为，我要变得快乐啊。

我们之间的对话，简直有了佛家的意味了。

我的朋友是一个画家，她每天都在画画，每天都在画。可她感觉不好，说画出来的东西都是垃圾，于是撕掉重画，这样的状态持续了很久。我说你是不是学林风眠呢？他当年把一千多张画泡成了水，然后，冲进了下水道。但人家那是为了躲避红卫兵，你为什么？

朋友说，画了垃圾，不如扔掉。

她是追求完美的人，一直这样。画坏一点，一定要撕掉，她不能容忍破碎，恋爱坏了，一定要扔掉，不给自己补救的机会，那态度是决绝的。

而我不是。

我在磕磕碰碰，深一脚浅一脚地往前走。

我喜欢生活有瑕疵。这世上没有完美的生活。生活大多时候不是尽如人意。一定是的。

太完美的生活必定会让人失望。

画家女友对生活要求太高，第二次没有参加全国美展之后，她几乎崩溃，那种崩溃，是神经的歇斯底里，是的，她对一切看得太重了。

她抽烟酗酒，并且开始自虐。

她的画，展现出一种变态的狂乱。我去看她时，她永远在抱怨，说是那些人不懂她，大师永远是孤独的。她，已经变得那样让人难以理解。

试着去劝她，让她先放弃，然后去旅行。她抽着烟，一脸茫然，问我人生的意义在哪里？

画不出画，难道人生就没了意义？

我让她换一种生活。

后来，她开了茶楼。

一个画家，居然开了茶楼，因为她把诗书画结合在一起。茶楼的生意好，再看她，脸上有了动人的芬芳，她阳光了，明媚了，换一种生活，也许就是另一场人生。

她不再想全国美展，自己赚了钱，开了画展，也赢得了满场喝彩。

问她的感觉，她说，在路上，这就是在路上的感觉。

我喜欢那种在路上的感觉，永远在路上，不停地奔波。

有时候，换一种生活会换一种态度。

有个阿姨，年少时喜欢钢琴，那时，没有钱买，可是一直喜欢。偷偷站在音乐学院的窗外听过钢琴。当时的喜欢，无以诉说。

后来下乡插队，吃过很多苦，再后来，离了婚。

可是现在，她报了一个钢琴班，天天去学钢琴，然后，她还买了一架钢琴。她家里，最值钱的东西就是这架钢琴，在她贫穷的家里，富丽堂皇的钢琴显得异常突兀。她常常拉我去听她弹钢琴，她弹肖邦，她说，肖邦是个孤独的男人，弹钢琴时，她满头白发，神态肃穆，非常动人。

这种投入与喜欢，让她那样与众不同。

于是，我每周去一次北京。

去学程派。我认了师父，师父说，喜欢就别怕苦，每周来吧，我给你调调，你唱的声音对，味道不对。

喜欢京剧已经十几年，我盲目地喜欢着，不曾丢弃过。

在去学戏的公共汽车上，我常常会看身边掠过的风景。快秋天了，好多庄稼要熟了，因为喜欢，我觉得这一路是那么快乐，甚至，连一周以来遇到的烦心事也尽数忘记了。这人生如戏，有多少时候在台上多少时候在台下，那么在意得失有多少用呢？

也有时候觉得精疲力竭，于是不再写字，请了长假，一个人去旅行。

我喜欢那种流浪的感觉，一个人，在路上。

走走停停，没有固定的地点，想在哪里下车就在哪里下了车。在异乡的城市，吃着当地的小吃，然后看着繁华或落败的角落，感觉生活原来这样美好，这些为生活而奔波的人们，其实都在路上吧？

所以，我极少抱怨了。

不再抱怨楼下拉小提琴的少年总是半夜吱哑，不再抱怨北方的风沙，不再抱怨自己的身体差强人意，不再抱怨那刚刚下过雨后的街一路泥泞，如果有过马路的小女孩一脸茫然，我会伸出一只手，说，来，我带你过去。

是的，这是在美丽人间的生活。好也罢，坏也罢，都要走过去。那么，自己走吧，哪怕深一脚浅一脚。哪怕，此一时彼一时。

生活禅

暑假的时候我正焦头烂额，女友阿瑞来了电话。阿莲，她说，赵县的柏林寺办一期禅意夏令营，来吗，七天，叫生活禅。

赵县的柏林寺紧挨赵州桥，是百年古寺，香火旺盛不说，寺院里参天古树，晨钟暮鼓，非常让人心仪。

不来，我在电话中很烦躁地说。因为，生活的确是烦躁的——没评上中师，出版社谈好的价格又下调了一个百分点，父亲得了糖尿病，和老公天天吵嘴，隔壁天天把电视声音放到最大，楼上弹钢琴的孩子要到十一点，甚至，空调上的鸽子屎也让我烦透了，是玉兰座的邻居养的鸽子，每天固定要跑到我家十七楼的空调上来大便，恨得我要把鸽子炖了肉吃。

何况，我的胃还不好，去做了个要人死一样的胃镜，居然溃疡了。

这日子过的。多么烦恼的人生。

我在床上，常常会想哈姆雷特问的问题，生还是死？这真是个问题。

是个问题，活着是件无聊的事情，我看着镜子中的自己，没精打采，脸色蜡黄，发丝间，居然还有一根白头发！

还去什么生活禅！

阿瑞坚持，说你一定要来，不然要后悔的，反正我给你报了名。

盛情难却，于是去了。我开着玩笑说，不如出家在柏林寺算了。阿瑞说，这里不要尼姑，你要来了，和尚全会乱了方寸。

我很虚荣，即使来柏林寺这样的地方，也没忘记要粉黛薄施，买了新行头，换了新品牌的化妆品，我这哪里是要参禅，明明是要勾引和尚。这是阿瑞说我的话。

去了，住持让先换上他们的衣服，一套麻的素白的衣服，背后一行字——生活在感恩的世界里。我蓦然一惊，阿瑞说，你是不是早就忘记了感恩了？

是的，我早已经忘记了感恩了。

阿瑞说，你知道有多少人嫉妒羡慕你吗？你年轻美貌，你事业有成，而且一年出了三四本书，你一个人想走就走，到处云游，甭说别的，光暗恋者就一大堆，老公那么宠你，家人那么爱你，而且还有一帮粉丝，你简直是小仙女啊。

是吗？是吗？我有那么优秀吗？有那么幸福吗？我怎么不觉得？

第一天，我还化化妆，穿着棉麻的衣服，平底布鞋，看看有没有人注意到我，结果我发现没人看我，都很随意地做着事情，上早课，听禅课，做一些寺院里的零碎活。

第二天，索性不化妆了，就那么素面朝天，结果还是没人看我，大家自得其乐。

每天傍晚时分，和阿瑞坐在寺院的小亭子里聊天，远处传来阵阵钟声，附近有松涛阵阵，生活原来可以这样惬意。

说了说烦恼，阿瑞说，别说了，听。

我什么都听不到。

阿瑞说，什么也别想了，把烦恼抛到一边，再听。

我屏息静听，空气中有夏虫在叫，有青草的味道，有亭子边飘来的茉莉花香，还有佛香，身在此寺中，不闻禅意香，这不是和我如此幸福却不知幸福一个道理吗？

接下来的几天，浮躁的心渐渐沉静下来了，我迷恋上了这里的生活，吃吃斋饭，看看书，听听禅，生活原来可以这样随意自在舒适。我和阿瑞说，真想永远在这百年古寺住下去，感觉真不错。

她又笑我，傻瓜，知道为什么叫生活禅吗？因为我们红尘中真正的生活才叫禅啊，能在热闹而烦俗的生活中保持一种淡定的心境，那才叫生活禅啊。

我如小和尚被棒喝，猛然顿悟。是啊，这生活才是禅呢，我终于领会了她的苦心。我的好友，她知道我为世俗奔忙得苦，她知道我许多东西放在心里，堆久了，蒙上了烦恼的烟尘，而这七天，她是为我在扫尘啊。

七天之后，我坐在回家的火车上，想着那句话，生活在感恩的世界里。曾经因为隔壁电视声音太大和人家吵过，电梯里遇到时，我先说了话，今天天气不错啊，她看了看我，笑了笑说，是啊，好美的秋天呢。

楼上的钢琴声，我不再厌烦，而是在遇到时说，孩子弹得不错，孩子的妈妈说，真对不起，打扰您了吧，一直想说抱歉，过了九级就行了，请多包涵。

空调上的鸽子屎，我用心去清理，并且当鸽子再次光临时用数码相机为它们照了相，发给阿瑞说："我家阳台上正在谈情说爱的鸽子。"

阿瑞说我真有长进了。我得意地说，那是，你以为，我白学了生活禅？

骑车去上班，看到树上有蜘蛛下来，我绕过它，不会撞破它的网；遇到盲人，我会领着他过马路，举手之劳的小善良，让我感觉自己是个高贵的人。

与同事相处，面带微笑，工资没有涨上去，我知道自己还需要努力，有读者来电说喜欢我的作品，得意之外还谦虚地说，还要努力。

生活原来可以这样美好舒适，如果，如果你过得有禅意的话。

喜悦如莲

喜与悦，两个字都妙。我喜欢这两个字。喜字就是俗世里的好，是馒头上的那点红，透着欢快，透着欢喜；悦是禅意，是初雪的曼妙，是你与我初相见，刹那间的天崩与地裂。

喜悦是这样的好。大雪压住红尘，一个人在屋子里围炉煮雪问禅意，墙角的梅花透着清香，翻看一本老相册，听一段三十年代录制的老唱片，给朋友打一个电话，告诉他，下雪啦。

喜悦是这样的美。有老友，十年不见，忽然一日扣了门环。见到，两下都怔住。从前的惨绿少年，如今手牵了小儿站在门外，笑逐颜开地介绍：囡囡，快，叫小姨。瞬间，眼睛就湿了。

喜悦还是，和三五知己，对酒当歌，半夜里跑到大街上吃烧烤，一人五瓶啤酒摆开，不用杯子，就这样边喝边聊，把爱情说上三千年，直到口也干、舌也燥，直到泪眼蒙眬。

我见喜悦，是薄晨中的荷，淡淡飘逸而出，透着人世间的欢与愁；喜悦见我，是一低头的羞涩，是一举手的婀娜。

几年前，我曾是那自以为深沉的人，一脸的忧郁与茫然，与人说话，必然引经据典，处处不忘卖弄与显摆。同学聚会，我定要去买新衣、做头发，生怕别人说出半个不好。这丝丝虚荣心是我的铠甲，处处透着虚张声势。

去年，我去旅游，车在高速上飞奔，被撞时，我正听着一段小夜曲。

醒来时，大夫伸出一个手指问：这是几？

我看到两个手指头，然后笑她：你这是干什么？我又不是三岁儿童？

旁边一同来的女友抱住我哭，声似杜鹃啼血。我扭头看周围，全是我的朋友与亲人。

他们说，你有一个小时不省人事，我们以为，你不在了。

刹那间，我石破天惊。

我有一个小时，是在天堂了，如果不醒来，我就是那边的人了。

所有人都哭了，只有我笑了。我笑了，我从此懂得，这余生的每一分每一秒都是赚来的，我要善待自己，要善待周围的每一个人。

从前，我对朋友挑三拣四，但现在，我有一颗安静的心，常常以喜悦之心对待所有人、所有事。

朋友说我变了，变得这样随和喜气；家人说我变了，变得这样体贴与关怀，我才知喜悦的好。喜悦，不是一个人的喜悦，是我把喜悦生于内心，传播于人间的一种暖意。

早晨上班，我步行，看到有老夫妻相扶着散步，看到孩童背书包上学，看到早春新发的芽，我喜悦。因为，又是一年春来早，又是一天如此美妙。

上班，我和同事共同做了一个表，喜悦！因为同事说，本来这个表要两天做完，没有想到半天就搞定了。

下班，去菜市场。黄昏了，出摊的都摆了出来，九头鸟炸鸡排第三家最好吃，麻辣鸭脖子“老武汉”做得最好。卖菜的一溜摆出来，红的红，绿的绿，上面淋了水，更显得那样妩媚。有年轻女子提着一捆菜前面走，我看着女子提着满篮不重不轻的俗绿，竟然觉得她是诗意的。

有人吆喝着新出锅的馒头，个儿大，白，有的点上朱红，触目惊心的美。那端出新鲜汤面的小伙子嚷着：“兰州拉面啦，正宗美食……”音域辽阔，遍地喜悦。

也有卖小摊货的女子，将那些廉价的东西慢慢摆着，并不嫌烦，好像一件件全是她的宝贝。走过她身边时，她说："来一件试试？马上要甩货了。"

于是挑一件纯棉的背心，粉红的艳，只要十块，惠而不贵，拎在手上走着。前面，有人在卖唱，是拉二胡的老人，每天要来，盲，有的只是唇边微笑。他一边拉，一边自顾自地陶醉——每天总有小收成，碗里的硬币，想必已经够他生存。他亦是喜悦的，因为不慌张，因为只是想在这样的黄昏挣几个小钱糊口。

有奶着孩子的女子，坐在对面看，撩起自己的衣服，把乳头塞到孩子嘴里，那孩子即刻停止了哭声，然后抽咽着吃下去那白白的乳汁。女子并不避人，有男人要吃她的豆腐，她干脆利落地给他一个字——滚。那声音里，透着世俗的喜悦。

一个小女孩子，不停地翻阅着路边每秆草茎的叶下，寻找那种艳红的小浆果，然后将其捏碎，酒红色的汁滴在指甲上，慢慢染成一圈儿淡淡的蔻丹红。那是街道边上的另一景，让我想起自己的少年，也曾经这样染过蔻丹。

这生活，是这样的美，这样的艳，这样的让人喜悦。我慢慢走着，提着红的红、绿的绿的菜，唱着戏。黄昏里，一个喜悦如莲的女子，心情散淡，眼角眉梢间有情、有义、有爱。如果你恰巧路过我身边，我会说：嗨，你也在这里吗？

风长气静

旧历新年，万家灯火。坐在电视机前发短信。

有人说，此夜短信可以创下吉尼斯世界纪录。

几乎九成是转发短信。

忽然收到这样一条短信："我在阿里。一个人的阿里。"

真真吓了一跳。这个人，总是这样，每每会从世界各地的哪里发来一条短信。其实我知道，他或许并不知道此刻是除夕，不过是他一个人在万里长空的阿里独自清凉。

有半年时间，他一定是在路上。

写书，有了版税就会出发，居无定所。除了手机没有换过号，他整个人是飘移的。

我回了短信："阿里想必又冷又寂？"

他回："风长气静，空旷人稀。"

八个字，惊天动地的安静与广。我叹息一声，又发："你有了大漠英雄气。"

而我们，往往因了现实生活的种种限制，囿于这无可奈何的小圈子。谁不渴望逃离？每个人心里都有成千上万匹野马，但被红粉世界磨得没有了锐气，只能在醉后跑到歌厅撒野，唱出心中梦想——如离开了北大荒之后的聂卫平，棋风再也没有了杀气。

但做到风长气静多难。

诱这么多！那诱是《巴黎圣母院》中艾丝梅拉达穿的那件火红衣裙，衣裙下包着饱满生动的身体，丰胸细腰，美得让人心跳。

那诱还是，你在沙漠渴透了时的一瓶甘泉水……你让我们如何能做到风长气静？

但风长气静真是好。

女友安是乡村女教师，每天穿过大叶黄杨去学校，她曾经发短信说："在春风里，这些大叶黄杨发出一种欢叫；在秋天，它们落叶的声音又分外憔悴。你有时间来看吧。"

那条短信我一直留着。有怎样的心态才会发一条这样的短信呢？如果我做一个乡村女教师，我会享受那些大叶黄杨在风中的声音吗？会享受它的抽芽以及飘落吗？

有时她值班，会在星光下打个电话给我。她说："这种郊外的安静如民国时期似的，我总想起那时的月光。”

而她每个月微薄的薪水只能御口，几次去她家看见的全是多少年来的旧家具。把穿不了的过时衣服给她，她说：“哎呀，腐败呀！还这么流行，我穿得出去吗？”但她写小说，喜欢卡夫卡。卡夫卡说小说家是拆他自己生命的房子去建小说的房子，一切艺术之言都是临终之言。而她说，生活亦是，拆了房子，去建房子。所有美好全在天地之间，全在风长气静的生活里。

我喜欢她的从容与淡定。

微薄的生活，带着丰富的心灵。有什么比一个人的心灵饱满更重要？她每周骑自行车去市里借书，带着一个馒头——有时奢侈一些，是一盒饼干。在图书馆泡一天出来，天上有了星光，一边走一边唱着小曲。有一次小偷还偷了她的包，里面只有几十块钱。她说，可惜那包里的读书笔记了，正写到卡夫卡在地窖里开始写作。

前段时间心思烦躁，为了红尘中的种种，简直快要觉得窒息。

正是春天，她说：“来吧，来吧，来我这儿，我们一起去大叶黄杨树下跳舞。”

我去找她，她披着一头黑亮的头发出来，皮肤散发出黑，可是，非常美。

一起走在小路上。小径极美，可以闻到空气中黄鹂的叫，天空蓝得要滴出另一滴蓝来似的。

她给我唱黄梅戏，身姿婀娜，声音好听，是绿的——春天似的绿。

而我穿着名衣，戴着名表，并不高兴，只觉得内心空茫。

一片早春的叶挡在我面前，我拂开，满心的恼。她扑哧笑了："你呀，全是红尘心事。你呀，居然不知道这春叶是为你才伸出来！"

而她眼神里全是岁月静好，好得让人觉得安稳。我的眼角、眉梢，早就转了芳华。我的心里，早就布满了荆棘。

中午在她的小院里吃她炒的菜——菜自己种——摘几个小茄子和小西红柿，然后精心地做着，看似简单，其实丰美，还有葱蘸酱。看她素颜吃这些东西，那么隆重，又那么享受。我的宝姿和这些一相比，她笑我活得做作。或许是，我一直这样做作着，拿捏着，根本不知道天然去雕饰才是最美的。

她给我看她养的小猫，居然有四五只，流浪猫。她给它们起好听的名字：华丽、虹虹、云影、小强……我笑得肚子疼，只觉得生活应该是这样，一笔是一笔才对。后来，我们唱起歌来，一首接一首，把少年时的歌唱了一遍。唱到快醉了，我把宝姿衣服脱了，露出黑色吊带，这才知道，才四月，就热成了这样子……可真好。唱吧，唱吧。

风长气静，其实也可以唱出来。

这世间，必然要浪费一些不必要的东西，然后才能回来找到自己最初想要找的东西。当我明白这句话时，自己偷偷得意了一下。

光阴的凉意

金基德的电影我喜欢看。本来不喜欢看韩国片，可是，因为金基德，我喜欢上了韩国电影。

《时间》是一部让人难过的片子，一个女孩子爱上一个男人，男人总是忘记不了从前的女孩子，于是，她去整容，她整容不是为了变得更漂亮，而是为了变成另外一个人！

这多让人心酸。为了爱情，宁可变成另外一个人。当男人真的爱上她时，她发现，所有的一切，哪怕是爱，都被时光浸染了，所有的一切，成了惩罚。

在《时间》这部电影的海报上，写着一句话：不是爱情凉了，而是身体凉了，心凉了。

“凉”字用了三次，触目惊心。

在光阴里，最不适合见面的就是曾经的恋人吧。

相恋时，他年轻俊朗飘逸，有浓密的发和喜悦的眼神；她俏丽动人深情，有蔷薇花一样的娇媚。可是，分手多年，突然再见。

最好的结局是发现彼此都老了，但也会有微微的心酸。

如果发现一个仍然风华正茂，而另一个却已经凋零，一个会嫉妒另一个，尽管是爱过的。如果他不如意，落魄得如同街上那些最低层的路人，这时，又觉得别样的寂寞，南风知谁意，吹你到湖州。过去了，就是过去了。

记得张艾嘉的电影《心动》，两个青涩的少年相爱，偷食了禁果。那样的爱，白裙子，榕树下，非常让人心动。多年后再见，他们都人到中年，相视时，眼里有了漠然。昔日芙蓉花，今日断根草。过去的恋人，停留在记忆里最美，你是定格的，她是永远的。

还记得小时候，喜欢一种花纸，很简陋的一种包糖的纸，我收集了很多。后来搬家，我翻了出来，二十多年了，它们一直在一个小纸盒子里装着，旧得不能再旧，黄得不能再黄。

我翻看着它们，眼泪就掉了下来。

那些光阴，浮在上面，有一层让人心碎的东西。

所以，我每每看到隔了二三十年的人再见，就有一种断肠之感。《红楼梦》剧组二十年再聚首，那些曾经如此年轻的人儿，个个沧海桑田了。特别是欧阳奋强，哪里是当年那个灼灼之华的男子？

怎能相见？怎可相见？

演宝钗的那个女子是聪明的，自始至终，她没有出现，并且，一直寻踪未果。我极赞成这样的做法。神秘，会让人有更多的联想，而一生的不见，也许更是聪明到了极致。

我上大学时有一个女同学，艳若桃花，有人说太艳的女子容易凋零。一个女子艳到如桃花的地步，会流于轻薄，尽管有时候连这轻薄也是非自愿的无可奈何，但有时会被人轻薄，被命运轻薄。

那时很多男生追求她，她挑了又挑、拣了又拣，最后嫁了有钱人。其实女人嫁有钱人是最愚蠢的做法，钱不是永远的，智商是永远的。

有钱人后来没了钱，于是，她跟着落败。

我们好多次同学聚会她都没有去，很多人千方百计地找她，人们印象中应该还是那个艳若桃花的女子。男生们大概想满足一下当年的愿望，毕竟有的人有了些小权力或手里有了些银子，人们得意时总是不忘记要回头寻旧人，所以，她终于被找到了。

于是十年之后我们看到她，她又黑又胖，开了一个饭店，进门就嚷嚷着要打麻将。有个男生说，我这一辈子最后悔的事情就是找到了她。

我也是，我说。

良人不得，红颜焉附，弹指间，青春已殇，时光老了。

你以为你还年轻，别着急，眨眼就老了，就这么快。别和光阴比赛，你永远是输者。

有一天我和几个朋友去歌厅唱歌，我发现我们所唱的都是上世纪九十年代的歌。是的，罗大佑、齐秦、王杰……当放花儿乐队的《嘻唰唰》时，我们都哈哈地笑了，这一刻我发现，我的青春小鸟一去不复返了。

没有办法。

凄凉的喜悦

我每日上班要经过一个很市井的地方，是城中村，唤作董村。有小小的菜市场，早市里最热闹，卖油条的那家摊子是全家人都上阵，欢喜的热闹，我并不喜欢这一家人，因为有掩饰不住的俗气，所以也没有买过他家的早餐。

我总是买靠近马路的那一家，江浙一带的一家人，女人喜庆，一脸的喜悦，不说话，眼睛先笑了，男人永远在后面忙着。他家的油酥烧饼真是好吃，香、酥、脆、个儿又大，而且是最后一个涨价的。烧饼夹菜，土豆丝和胡萝卜丝混在一起炒的，也可以夹火腿肠或者鸡蛋，我每天都要买。我们之间很少说话，可是彼此总是笑的。

冬天的时候，她的衣服总有油腻，硬硬地在上面，因为是红羽绒服，看起来更像牛肉冷下来。她的脸冻得通红，可还是笑着，手脚麻利，我有时听得她和别的客人说话，声音温软，男人永远低头烙着烧饼。我喜欢他们夫妻的神情，不茫然，脚踏实地，但却有一种凄凉的喜悦。他们一块一块赚着钱，脚下总围着一个三四岁的孩童，鼻涕流得老长，那孩子亦是不知世事艰难地喜悦着，我看到人家凄凉，他一家人倒并不觉得。

下班时，会到武汉九头鸟买炸鸡排，是五十多岁的一对夫妻。女人专门负责收钱，长得白而细腻，说话带着汉水味道。男人永远在低头炸着鸡翅、鸡排还有火腿，啪啪啪几下剁开，倒进锅里，吱吱地响着，一边炸一边问你，要辣椒不？要孜然不？要胡椒粉不？声音大得满条街都听得到。他这样嚷了七八年，一直没离开一平方米左右的这块空间，脸上的皱纹深了，声音也粗了许多，可是，喜悦还是有。他也抱怨鸡排涨价涨得厉害，也说家长里短，忽然有一日我再去，看到那摊子前空了，只剩下一摊黑黑的油渍。卖菜的小贩说，他死了，脑溢血，骨灰运到武汉。我看到那一滩黑渍，大概因为年代久了，黑得不能再黑，我只觉得少了一份亲，其实并不知道他到底姓什么叫什么，其实与我无关，但他参与了我的风景，再看到那块地方，心里荒凉起来，无边无际的荒凉。

亦会碰上妖艳的女子，很粗劣的装束，腿粗腰细，穿劣质白色靴子，人造革的料子，低腰裤，露出臀线，白花花一片肉，上衣是黑色的，紧裹着。肉流出来，极性感，有金黄的项链，黄烘烘的，我想起张爱玲笔下的霓喜来。也这样为生计出卖着自己，也是肉流出来，也是每天装作很生动……我看完《连环套》，对这些女子生出慈悲来。

她每日清晨都站出来，抽着烟，一脸无所谓的表情。头发黄而卷，因为年轻，脸上有生动得似青葱的眼神。她抽烟的样子真好看，我并不觉得风尘，倒感觉现实的无奈。到了冬天，她生炉子，蹲在那里，极认真地生，白烟冒出来，扑到她脸上，她揉着眼睛，转而又笑了。我不觉得她如何，反而觉得她是可爱的，至少生炉子这一会子是这样。

春天之后她就走了，我再也没有见过她，可是路过她站着抽烟的地方，我总会想起她来。

也许春天太艳，秋天太魅，夏天太粉，我总是记得冬天的那些凄凉——有一天大风，我看到一个中年男子骑着一辆破自行车，他穿着露棉花的绿大衣，那绿大衣脏得看不到绿了，裤子是深灰的，也脏，因为太脏，所以我几乎原谅了那些脏。最让我心惊的是那裤子的侧面，大概曾经裂过线，所以，缝了。是他妻子缝的吗？怎么这么蹩脚呢？粗粗的白线，在外面翻着露着，那些线，拼命地维持着那条裤子，那么粗糙的针脚，忽然让我很难过。更让我难过的是，他的脚上根本没穿袜子，光着脚，在数九寒天里，趿拉着一双破鞋。他的背影这样凄凉，我看了好久，才转过头又往前走。

这条市井小街，我一路走过来，黄了光阴。我一次次提着一把把俗绿回家，看着镜中的自己，一天天老起来。这凄凉的喜悦，哪里是那些最烟火的人们有，镜中那个人，亦是有呀。

生活没有彩排

他早晨刚上班，她便冲过来，追着他到楼道，然后泼妇一样地骂着、嚷着。公司里的人全出来了，个个伸出头张望，怎么回事？

真后悔早晨和她吵了架摔门而去，她在后面嚷，你给我回来！否则去你公司闹。他以为她不敢，以为她说说而已，没想到她披头散发地真来了，而且还穿着拖鞋、没有洗脸，一副泼妇形象……丢死人了。“两口子吵架现场直播了。”有人嚷着。

他立刻小声求着，别嚷了别嚷了，回家回家。其实不过是为了一卷卫生纸，如厕时发现没有卫生纸了，她叫他送一卷来，他未应，结果闹到满城皆知。

早知如此……

就像早知他会沦落到一个二流公司当会计，不如当初好好学习留到大学当教授，和他一般年纪的早就副处、正处了，还有，后悔放走自己初恋女友去美国而娶了她，后悔没有去读清华的高级会计师……然而生活尽是现场直播，没有彩排机会，还正在努力地上演，却发现灯火已阑珊，而台上空无一人，这漫长人生，居然无人喝彩，寂寞开始，又以寂寞收场。

才不管你是否准备妥当，太阳每天照常升起，奔波路人在地铁里啃着冷面包，想着今天要做几个表，月底发了工资正好买看上的一款打折的包，才三折起……刚进办公室，老总悄悄叫，来，到我这来。

是一纸裁员书……老总声音都委屈："你看，你得理解我，我也快跳楼了，经济不景气，没有办法……"还能说什么？这一幕是无论如何没有想到了，只觉得自己已经够努力了，房贷怎么办？车当然不能买了，那款三折的包？不，一折都不能要。

晚上绝望到吃了两碗方便面，忽然收到十多年不联系的同学打来的电话，人家来北京开公司了，问她是否有懂设计的人员？她叹息一声：这才是天无绝人之路。惊喜地从床上跳起：哪用找，现成就有。生活何时都是现场直播，没有料到的结果总比想象得要更丰富、更出人意料。

开始的开始，他投奔远房表叔，只为找碗饭吃，在最底层扫厕所、倒垃圾，给客人开门，晚上在公司值班。一个农村偏远山区来的孩子能干些什么？有一天给一个老板开车门，不小心踩了人家的脚，老板怒："臭要饭的，连开门都开不好。"他忍着眼泪，笑着道歉，自此决定发奋图强，以后趁着空隙偷偷学习，别人挣了钱谈恋爱游山玩水，他报了所有学习班，一个初中毕业的人得背多少东西？其实从被骂那天开始，他就立志有一天坐上自己的车让别人开车门。

二十年之后果然如愿，四十岁的他是别人眼中的成功人士，无数大学请他去做立志演讲，如何从一个打扫厕所的人变成一个身价过亿的大老板，他只老实地说出一句话：生活从来没有彩排，为了有一个更好的演出，我总是比别人多付出十倍的努力。

那些和他一起出来打工的男人，至今仍然在给别人打工，在城市里最脏最乱的地方，在钢筋水泥浇铸的空间里做一些最苦最累的活，他们从来没有打算，过一天算一天，永远知足，永远不想明天应该如何……而他说，我想的是，明天要比今天好，我要怎样把它变得更好。

生活没有彩排，绝对是直接上演各种真实的生活，可是，如果提前做好一些准备，演出总是会更精彩一些，掌声也许会更多一些。

银碗里盛雪

近日读胡兰成《今生今世》与《禅是一枝花》，如果不去评说人，单从文字讲，他的文字真是字字珠玑，说是银碗里盛雪半点不过分，他写到与爱玲恋爱时在房子里“我们俩人在房里，好像照花前后镜，花面交相映，我与她是同住同修，同缘同相，同见同知，爱玲极艳，却又极壮阔，寻常都有石破天惊。”我喜欢他用“石破天惊”这四个字形容爱玲，一个男人爱一个女人到极致，才会逢人便说好，才会用石破天惊，这份懂得，其实足以感激。

但佛语中银碗里盛雪更好，意境禅意。有僧问巴陵：“如何是提婆宗？”巴陵说：“银碗里盛雪。”好比有人问起爱情，这厢问：“什么是爱情？”那边答：“我心里全是你。”一句足矣。

白马入芦花，银碗里盛雪，据说是佛之高境。是有中无，终是无中有。何为有？何为无？

白马入芦花之无，是表象，还是真无；银碗里盛雪，是真有，还是幻象？

但我喜欢这银碗里盛雪的美，清凉而有真意。所有的美，放在这里了，你的，我的，如此菩提，又如此真意，你懂，我亦知，何必说出？也勿用说出，说出的东西往往是错，雪知道银碗的晶莹剔透，依然盛进去，是为了不显露，这样的隐忍与修为，不是一般人能做到的。

这银碗里盛雪，落处孤峻，一派天然，深情后面，却是一脉天真，突然觉得人生山长水远，求的也就是这一刻。有人懂得了这份真，是银碗里盛雪，这一般的情意又这一般的隆重，这一般的缠绵却又这一般的菩提。

那其实是素美对素禅的意境，银碗不可得，雪更冰清玉洁，一切完美得如同神话，但是，毕竟是好的，因为懂得，所以慈悲。

银碗珍贵稀有，闪着前世的亮和凉，因为太过珍贵，所以，难得，寻常百姓的似水流年，如何舍得用这银碗？那简直是奢侈的，奢侈仍然不够，还要盛雪，那么，是加倍地奢侈。

其实人生，应该加倍地奢侈一次，为自己，只为自己。

但多数时候，我们手捧银碗不自知，闪光亦不自知，盛满雪亦不自知，天有天意，水有水意，一天天流水一样去了，最好的时光，有时就那几日，怀抱银碗，却不自知的几日。

有人评说毕飞宇的长篇小说《平原》，也用的是这五个字，极为妥当，极为丝丝入扣。我有两本毕飞宇的《平原》，一本是自己买的，一本是他送的。我记得有一年冬天在石家庄开青创会，他来给大家讲座，讲座的题目是“局外人”，他分外地会摆姿势，总喜欢用手支着下巴，他是个聪明人，我是读他的《玉米》喜欢上他的文字的。那天晚上他和铁凝一帮人去一个茶馆喝茶，我和女友在国际饭店喝茶，忽然接到铁凝电话，她说：“来喝茶吧，毕飞宇想听你唱戏。”

我常常会想起那个闲散的夜晚，七八个人都唱歌唱戏，非常尽兴，我记得那夜的灯光迷离昏暗，我们似旧时人，一个人有着前世的面孔，那个夜晚，其实也是银碗里盛雪，曲唱到半夜，人在月亮下走着，分外不真实。

再读他的《平原》，想起这五个字，果真是。

绵绵浩荡，但最后，素心清白，落得个干净，一场清欢，原来是银碗里盛雪，谁知，谁不知，突然就心痛了——而那喝茶唱戏的夜晚已经远了，铁凝到北京去了，我曾发短信祝贺，她回短信的几个字，我一直记得，“虹莲，程派唱得更好了吧？”我想，她也记得那个夜晚吧？这样的记得，无关风月，全是那银碗里的雪，美好，灵动，充满着禅意与芬芳。

而最美的心动，一定是这银碗里盛雪，或许还不到爱情，只是喜欢，但已经是满天的雪在飞，一粒粒落在碗里，好隆重，但却又说不得，说不得也好，只要喜欢过就好，因为漫长一生，有多少个夜晚可以挑灯赏雪？人生太长，记得的，也就那样几个夜晚吧？

所以，我把自己博客名字换掉了，从前只叫三个字“雪小禅”，我还嫌不够禅意、不够凉意，再加上这几个清凉入骨的字吧——银碗里盛雪。

静气

年龄越长，越喜欢静了。

静是难的。胡兰成说，桃花难画，因为它的静。我一直难以理解这句话。后来忽然明白了，桃花是不静的，是妖气重重的，桃之灼灼，妖媚得粉成了一片花海似的。妖气的东西难以安静下来，于一个女子而言，有才再有几分姿色，静就尤其重要了。

韶华胜极其实也是静气。最快的时光一定是最静的，仿佛流水似的，才觉得刚刚聚在一起，转眼就分开了。时光也许真是用来雕刻的，闪亮的刀子，一片片削走时间的肥腻，居然只剩下刻骨铭心的想念，这岁月依然冷，这衣裳依旧薄，那薄暮时分，有蝉亮烈地叫着。虽然亮烈，仍然安静到以为是禅的境地——几棵枣树、木制的粗糙椅子、远方的山、近处的心……韶华到此时，只是终无言。无语凝咽，低眉之间，看到自己穿了一双红色的匡威足球鞋，烈焰焰的，其实也是安静的讨好的样子……雕刻的何止是时光？也是心吧，一刀刀下去，刻出韶华光阴中最不能忘记的样子。忽然想起林志炫唱的那首《你的样子》，其中一句让人潸然：让光阴刻画你的样子……我只渴望一夕忽老，所有的疏草繁花，都是我的，都是我的——再也跑不了了。

翻看阿城和胡兰成的书，都有静气在里面。不温不躁，不吞不火。整个人生慢慢就在静气里流过去了，也许是心里气象万千，所以，吞得下万里江河。有静气的人就让人觉得喜欢，胡兰成在《中国文学史话》中写道：文学有气节，如五月的竹笋，头一批出来的顶好，末后就差了；茄子初上市时紫润活痡，到了秋茄子，就烂烂的……他写得真是绵软又长风浩荡，看似不着力，看似静气，其实是四两拨千斤。又似一场快雪，唰唰唰，我只见着了雪，却没见着用力，刹那之间，铺天盖地。这样的静气，收敛了很多精华，我看得惊心动魄——许是年龄长了，我愿意这样安静地读这样的文字，内心里波澜壮阔，表面上不动声色，鲜衣怒马、醉酒狂歌早就过去了，《红楼梦》里白茫茫大地真干净的样子我喜欢，因为终于一个人了，又一个人了。

而那句说俗了也说艳了的“因为懂得所以慈悲”，其实也是自己懂得自己，飞蛾扑火似的去爱一个人，他值得吗？他懂得吗？未必有多懂，未必有多值。最终，是落得不负自己不负心。

看一些国画，倒喜欢飞白。实在是渔樵静心，静气流动在天地间，笔墨之外的东西更让人贪婪。爱情到最后，总是会回到日常，他做了哪样好吃的东西，他想起给你买一双杭州绣花鞋来穿，其实所有的所有，落到最后，激荡山河的总是家常风景，惊了心动了魄的，倒未必有多记得住，再多的话说来说去，也会烦的。

静气于生活亦是大气凛然的。

终于安静，如乖巧的兔，卧于巢内。有人说，越是年轻的时候织锦繁华的人，最后越能归于安静。比如陆小曼。我对于这个无论是物质还是爱情都挥霍无度的人曾经怀有敌意，她过分沾染上世俗的俗艳，连手帕也要法国原装进口，夜夜跳舞至深夜，与翁瑞午对吸鸦片，害得志摩写诗“我不知风向哪个方向吹……”她大概是男人的鸦片，但二十九岁之后，她守寡，居然安静到死去。老年之后有一张照片，薄薄的嘴唇，因吸了过量鸦片而进去，头发掉光了，就那样安静地笑着，那样的静气，倒似明了这世上的炎凉——一个曾经奢侈无度的女子，为了温饱而挣扎，一个被众多优秀男人环绕爱慕的女子，最后只剩下一个穷困潦倒的翁瑞午，把香港亲戚寄来的副食十分之九给了她吃，而冷落了自己的妻和子……因了她的静气，我原谅了她年轻时的放浪和奢靡——其实也有羡慕的成分，一个女子，有美貌与才情，为什么不呢？一直安静倒显得突兀、茫然与假装了，这样寂清的收梢，我倒觉得无限好……她是宁肯媚晚凉呀。

静气越早到来越好，心里安静了，就能装下整个山河，兵来将挡，水来土掩，不是坏事。绝不是。

情调这个东西

我一向认为自己是个讲究情调的女人。

比如喜欢张爱玲、杜拉斯，喜欢法国这样浪漫多姿的国家，喜欢看些旧的东西，照片、文字或者老得掉牙的家具。

还喜欢在阴雨天一个人跑去看桃花，或者拉一个女友去上岛喝咖啡。

最孤独的时候，就看卡尔维诺和《独立宣言》。

欢喜的时候，唱段程派，总之，我觉得自己是个有情有调的女子。

于是我和女友说情调这个东西，她耻笑着我的所谓情调。她刚刚从欧洲回来，带着一身的怀旧气息，说看到英国剑桥时，立刻想到徐志摩和林徽因当年那点烂事。总之，在她嘴里，总是会把男女关系和名胜古迹联系上，即使去上海这样风花雪月的地方，照样不例外。

我约她在燕莎侧边的凯宾斯基饭店的啤酒屋喝啤酒，蟠桃树下，有说着德语和英语的女生在为你服务，满天星光下，仿佛在德国，对于一个迷恋德国的女子来说，这的确是一个优选的地方。

普拉娜，我和她对饮，我说，这叫情调。

当然，她说，是以人民币为代价的。

两个人，花费掉五百块钱，不过吃了几段德国香肠、几块面包、一盅牛肉汤，还有一个水果沙拉。女友说，成本也就一百块钱，太黑。

我骂她小农意识，没情没调，她笑我，别骂了，倒上三代，都是农民。

我说我爷爷是私塾先生。

那爷爷的爷爷呢？

真是农民，没准还是土匪。

这样一想，所谓的情调，有些是小资或无聊的人想出来的东西而已。什么叫作情调？难道种田的人没有情调，乡下的二舅，总是会在收了工之后唱段“我本是卧龙岗散淡的人”，也有打工的人，一边哼着最新的流行歌曲一边骑车狂奔，或者是那少年，在下了雨的天，赤着脚出来，啪啪地踩着水，他以为自己是情调的。

情调真是“仁者见仁，智者见智”的东西了。

所以，我准备去吃前门那片的小吃街了。那是几百年的小店了，爆肚、卤煮火烧。据说要拆迁了，从前总觉得和一帮民工似的人在那里拿着小票和筷子等待着一碗爆肚是丢份的事情，可我终于明白，情调就是——在一粥一饭之间，在举手投足之间，你认为它是情调的，它就是情调的。

哪怕你花三块钱，坐了公共汽车去看早就想看的樱花。

哪怕你站在阳台上，看一看远方的尘土飞扬着，而那阳光下的人们挥汗如雨，只要心里觉得美滋滋的，有一丝丝柔软起来，那么，它就是情调的。

所以，我觉得，情调和钱没有太大关系，当然，如果有钱更好，这世界上，是没有人讨厌锦上添花的东西的。

当然，如果再有一个有钱有趣的男人陪着，那么，情调可以发展到什么地步呢？这是件难以想象的事情了，爱情本来就充满了玄机，两个人再调调情卖卖调，再把这身边的一景一物一事一人一评说，那么，情调这个东西，也会和爱情这个东西一样，泛滥成灾。

不是没有可能的。

那些花儿，已经远了

八十年代，成都，诗人，顾城，摄影家，肖全，这些词语，足够了，我看到一些黑白照片，是八十年代的成都，诗人们骑着自行车来回寻找，顾城那时真年轻啊，但脸上的清稚是别人没有的，永远没有的。

肖全为他拍了一张照片，他安静地看着前方，眼神浩渺，我喜欢那样清冽的眼神，和空气一样轻，和大海一样清。他的整个人，和空气一样，环绕在周围，但你却感觉不到。

还有一张他和谢烨的合影，他们相依在窗前，穿着那个时代的衣服，谢烨是一件棉袄，好像有扣绊，他们安静地相依着，在那个晚上，他写给肖全一句诗：那些花儿，已经远了。

多年后，他和谢烨魂断激流岛，我的一个朋友曾经去新西兰看望了他们曾经住的地方，他说，很简单，就像顾城的人一样。

那些花儿，真的远了。

我亦记得在故乡的小镇，我在十三四岁的时候，总去县里唯一的文化馆看书，那时文化馆有几十种刊物，那个小院子，有两棵合欢树，两排红砖的房子，绿色的门。我在整整几年时间里，不停地往那个院子跑，最初对文学的喜欢，来源于那个小院子里的那些书。

很厚的《中篇小说选刊》，我一个下午就能看完，阅读速度极快，眼睛很快就近视了，管理员要下班了，催促着我，我央求着：我能再看一会儿吗？

后来，她允许我带回家看。

我在半夜，打着手电筒，躲在寒冷的被窝里看书，从冬天，看到夏天。

夏天，合欢花开了，后来我才知道，合欢也叫马樱花和绿化树，多么让人心动的名字啊！

我在树下，捧着书看，文化馆只有几个打牌的闲人，没有人注意到一个十三四岁的小女孩子，我看着，掉着眼泪，寂寞而漫长的八十年代，一点点远去了。

那个文化馆早就拆掉了，绿化树也没有了。

但我再回小城时，总喜欢在那里发上一会儿呆。

感谢那些孤单的周末，我没有去和别的女孩子一样买发卡戴在头上，我穿着旧的蓝裤子和白衬衣，捧着书读。

感谢那寂寞的时光，没有车声，没有电话，只有几个四十多岁的女人在织毛衣打牌，没完没了地织和打。

感谢我的清高与凛冽，让我早早进入一个更为坚硬的世界，感谢文字，让我在十四岁时有了二十四岁的复杂与骄傲。

感谢那些花儿，那些合欢，一直陪着我，陪着我的清冷，我的孤单……

那些花儿，真的远了。远在了少年的记忆里，乡春早，旧燕暖空巢。白雪孵来青色草， 长河寸寸涨新潮。在早春二月，我去放风筝，我和弟弟把风筝放得老高老高，他在我后面追着我喊：姐——姐——他永远是个没有主意的孩子，因为我太有主意，所以，骗大人的事情常常是我干。

他一直比我矮很多，我们每年在正月里会照一张相，这是母亲每年正月里必做的一件事情，我留着那些黑白的二寸照片，在照片里，我永远比他高一头，虽然他只比我小一岁，我还欺负他，骂他小矮子。

后来他终于超过了我，成了一米八的大男人，见了我，仍然小声叫我：“姐。”

而此去经年，我们都过着柴米油盐的生活，常常不会见面，有一天我梦到他被一群狗追赶，半夜就打过电话去，他茫然间叫着我，姐……我的眼泪就下来了，这么多年，这么多年就过来了啊。

还有早年的那些女同学。

我们常常在夏天最热的时候去一个花圃里去偷芍药花，芍药花——大，紫，无边无际的壮丽。带头的是一个叫杨学军的女生，这么英气逼人的名字！她黑而俊，有着异常的勇敢，她偷的总是又大又好，然后塞给我。

我们疯狂地骑着自行车，疯狂地在阳光烈日下跑着。

小镇上的阳光是寂寞而单调的，然而在少年时，它们只是灼热而怒放，如偷来的那些怒放的芍药。

我还不知喜欢一个男子，所以，杨学军说她喜欢魏建强时，并且把眼泪流到我的白衬衣里时，我也跟着她哭了。她是为自己喜欢的男子哭，我是为了莫名其妙哭。

那年，她十六岁，我十四岁。

我们哭了很久，在城墙上吹着风，风吹起她的黑辫子，她扬了扬手说，算了，反正好多女生喜欢他，然后她转过脸来问我，你喜欢他吗？

我摇了摇头。我不喜欢，我喜欢的只有书和花，那些偷来的花儿，还有，一个人在城墙上吹风的黄昏。

初中毕业后杨学军就回家种地了，我再也没有见过她，而魏建强，我看到过一次，在我多年后参加我们小城的一个政府组织的笔会时，我看到当年如此英俊逼人的他一脸猥琐地站在门房里当一个临时工，有人呵斥着他：魏建强，快把二楼的小会议室打扫干净，快！

他没有认出我，我看着他的背影，没有叫他。

快二十年了，他怎么会认出这个穿着“安瑞井”、戴着粉边眼镜、涂着香奈儿五号的女子是他的初中同学呢？我一直待在原地，发了好长时间的呆，我知道顾城说得对，那些花儿，已经远了。

而我的少年时光，和那些花一样，枯萎了，远去了，留下一把瘦瘦的红，在我的心里，在我的旧梦里。

声声老光阴

我忽然对声音感兴趣大概是十一二岁。

之前，我一直说着家乡的土语，包括我的老师们，他们也是一口的家乡话，以“四声”居多，听起来又哏又硬。我们听的、说的都是这种话，没有觉得有什么不妥，电视里那些说好听话的男人和女人离我们太远了。所以，当我第一次听到身边的人说普通话时，简直有些羞愧于自己土气的口音。

是从北京来的一个女孩子，她随着父母转业到了地方，不仅皮肤白，而且一张嘴，是生动悦耳的普通话。她成了我的同桌，她雪白，我黝黑；她说普通话，我说蹩脚的家乡话。

那是第一次，我感觉到声音的美丽和虚幻。

为了能多听她说话，我近乎讨好她，做她的朋友，带她去陌生的地方玩。没有人的时候，我也试图说普通话，结果总是一张嘴就脸红，后来上大学的第一天，我立刻把自己说了十八年的家乡话改成了普通话，因为宿舍里其他来自五湖四海的女孩子也说普通话，何况我们都说家乡话根本听不懂。我再次想起十二岁时遇到的那个女孩子，她的声音好像一直在耳边。

可惜有一天当我回老家看到她时，她胖了黑了，说了一口流利的我们家乡的土话，几乎再难找到当年的感觉。

普通话让我感觉到了洋气和遥不可及。我的一个女友说，我坚决不能容忍和一个操着家乡土话的男人谈恋爱。这句话对我影响极深，于是，我一意孤行地找一个讲普通话好的男子谈恋爱。这有些形而上，可是，我喜欢这形而上的东西，因为有外在的美感。

我犹记得上高中时，一个女老师的声音，她的声音和翠鸟一样绿，绿得要滴出水来。她英语发音之纯正让我十分迷恋，许多年之后，我仍然不能忘记她的声音。如果单听她的声音，可以为之迷醉，虽然她的人并不好看。

我十分不喜欢机场广播员的声音，绵软到好像没有力气，温柔到好像一把小刷子，“某某航班马上就要起飞了，请还没有登机的旅客赶紧登机。”因过于绵软，我总想起敌台的女特务来，所以，起一身鸡皮疙瘩也在意料之中。

曾经有一段迷恋赵忠祥的声音，他解说《动物世界》，很温厚，又很磁性，我觉得那真是绝配。

当然，最让我迷恋的是一个叫任志宏的男人，《科学探索》节目大多数是他解说。那声音犹如天籁，迂回曲折，小桥流水，弯曲里直，最后总能让你感觉到心旷神怡、荡气回肠。他的声音，我总能一下子分辨出来，后来，看到电视上的他，一个风雅的中年男子，好像和声音有些对不上号，可是，却又不确定哪里对不上。

人和声音对不上号的有的是。

我和一个人通话近一年，一直没有机会见面。忽然有了机会见面，他远远地走过来，我竟然疑心不是他，因为感觉他不是这个样子的，可是声音却又是对的，后来我看过一个电视剧，男主人公毁了容，到最后，所有人认不出他了。可是，他的妻子，仅仅凭他的一声叹息就认出了他！

这个细节真是感人！仅仅凭一声叹息就能认出爱人的人，一定是爱到了骨子里。声音是骗不了人的，再过多少年，你熟悉的声音响起时，亦会让你脸热心跳。

还记得每次上出租车，都会听到单田芳粗粗的大嗓子说“话说哗啦啦马踏连营……”窗外烟火气十足，红灯绿火，有穿着劣质化纤旗袍的女子穿街而过，配合这样的声音和气氛，这样恰如其分，一点不浪费、不多余。

而看电影《青蛇》，我迷恋王祖贤的声音胜过她的身体。她用京剧念白说："官人啊，你看我是不是你的妻啊……"这样婉转婀娜，许仙抵挡不住是正常的，有一段时间我也用京剧念白说话，吓倒了周围人，都以为我中了邪。

越南电影我起初并不爱看，陈英雄的《青木瓜之恋》《三轮车夫》《偷妻》我却一一看了下来，原因只有一个，我爱听越南话，比法语更动听，绕得很弯，可却是清凉的，磁的，薄薄的青，化不开，只觉得满心全是欢喜，生出禅意。我迷恋那越南话的多姿与芬芳，即使不看中文版，也能看到最后生出满嘴余香来，好像闻到青木瓜的味道。

当然，我最迷恋的是恋人的声音，他带着青草味道的声音，好像来自天外。我想，大概是喜欢他的缘故，他的声音好像是世上最动听的了，可是，我一直觉得我的声音是这样难听，不尴不尬，甚至没有那种婀娜，稍显低沉的女声总是有些压抑。我想了想，给自己找了个理由，因为喜欢程派，所以，上天要我有这样的声音也是对的，生而为程派，一定是为它而生的。这样一想，我很心安。

最让我难忘的声音是新艳秋的声音。这个九十多岁的老人，曾经的程派名旦，在提起程砚秋来时，忽然泪流满面，哽咽着说：

“他是懂得我的。”

还有比懂得更慈悲、更欢喜的事情吗？

听到这年过九十的老人的声音，忽然想起一句话：“老来多健忘，唯不忘相思！”一句话，让我泪湿春衫透。

而这声音，不似年轻时的曼妙与妖娆，可是，字字句句，穿透了我的心。我坐在电视机前，泪如雨下。

当然，最迷恋的是自然之音。

大自然的声音如天籁，一日住在柏林寺，听到松涛和鸟鸣，心里一片欢喜。还有一次去宏村，凌晨听到更声和鸡吠，顿觉回到远古时代，心生想念，觉得自己是一个前世之人，有莫名其妙的快乐。

我迷恋这红尘中的声音，即使是小贩的吆喝声、婴孩的哭叫声、邻居女人的吵架声。一声声，让我感觉到生活的五味杂陈，不知不觉，就老了，就这么快，就这么声声叹声声慢，声声欢喜着，到了光阴老去的那一天。

图书在版编目（CIP）数据

如果春天去看一个人 / 雪小禅著. — 北京 : 九州出版社, 2017.4

ISBN 978-7-5108-5112-4

Ⅰ. ①如… Ⅱ. ①雪… Ⅲ. ①散文集—中国—当代 Ⅳ. ①I267

中国版本图书馆CIP数据核字（2017）第049823号

如果春天去看一个人

作　　者　雪小禅　著
出版发行　九州出版社
地　　址　北京市西城区阜外大街甲35号（100037）
发行电话　（010）68992190/3/5/6
网　　址　www.jiuzhoupress.com
电子信箱　jiuzhou@jiuzhoupress.com
印　　刷　三河市嘉科万达彩色印刷有限公司
开　　本　880毫米×1230毫米　32开
印　　张　10.25
字　　数　233千字
版　　次　2017年5月第1版
印　　次　2017年5月第1次印刷
书　　号　ISBN 978-7-5108-5112-4
定　　价　39.80元